Ramón Cortés Barrios

Tor Bulkan, un planeta de bárbaros

SELECTOR
actualidad editorial

SELECTOR
actualidad editorial
Doctor Erazo 120 Colonia Doctores 06720 México, D.F.
Tel. 55 88 72 72 Fax. 57 61 57 16

TOR BULKAN
Subtítulo: UN PLANETA DE BÁRBAROS
Autor: Ramón Cortés Barrios
Colección: Literatura Juvenil

Diseño de portada: Carlos Federico Varela Vázquez
Ilustrador de interiores: Rogelio Bobadiila

ISBN: 970-643-736-3

Primera edición en Selector: marzo de 2004

Sistema de clasificación Melvil Dewey

863M
C165
2004 Cortés Barrios, Ramón; 1924.
Tor Bulkan, un planeta de bárbaros / Ramón Cortés Barrios.—
México, D.F.: Selector, S.A. de C.V., 2004.
176 p.

ISBN: 970-643-736-3

1. Literatura. 2. Narrativa. 3. Novela

CONTENIDO

CAPÍTULO 1
La caja

¿Por qué Eduardo Morlet había despertado intranquilo esa mañana? Miró las 6:45 en el reloj de la mesita de noche. Era más o menos la hora en que habitualmente despertaba. Intentó descubrir si la causa de su intranquilidad había sido un mal sueño, pero su intento por precisarlo fue en vano. Pensó en sus hijos, que vivían en la gran ciudad; sabía, por un *e-mail* reciente de su hija Isabel, que ellos, así como sus nietos, se encontraban bien de salud. "La razón de mi nerviosismo debe ser otra", pensó.

"Lo mejor será olvidar el asunto y comenzar mi rutina diaria". Se desperezó y comenzó a vestirse, procurando evitar movimientos bruscos que pudieran despertar a Luisa, su esposa, quien dormía plácidamente. Se encaminó muy despacio a la salida de la recámara, cuidando no pisar el tablón del piso que más crujía, y pasó a la siguiente habitación, aún oscura, muy espaciosa, que el matrimonio utilizaba como sala, estudio y biblioteca a la vez. Corrió las cortinas y, según su costumbre, cambió la fecha en el calendario de dados que se encontraba junto a su computadora. Salió al corredor y se dirigió a la cocina a preparar los utensilios que Luisa necesitaba para hacer el desayuno. Todo quedó listo. Eduardo era amante del perfeccionismo. Miró a través de la ventana hacia el jardín: las hojas de sus plantas comenzaban a relumbrar con la incidencia de los rayos del sol. Siguiendo su costumbre, se dispuso a hacer algunos ejercicios para mantenerse en forma. El hombre siempre se había preocupado por cuidar de su salud, más ahora que ya había cumplido los 68. Aseguraba a sus amigos que se sentía físicamente fuerte y aunque padecía de ligeras molestias en la garganta, afirmaba no haber sufrido ni un solo resfrío en los últimos años. Salió al jardín, espacioso, que era el centro de toda la casa. Aquella mañana de abril soplaba un ligero viento algo frío y se propuso comenzar con algunos ejercicios de calentamiento muscular que había aprendido a través de sus lecturas sobre Tai Chi. No bien había levantado los brazos, algo llamó su atención causándole una sorpresa: entre las plantas de su jardín descubrió un mueble blanco semejante a una lavadora.

"¿Qué es eso?", se preguntó. "No recuerdo que alguien haya traído ese mueble. ¿Quién lo habrá dejado allí? ¿Para qué?" Eran las primeras de muchas preguntas que se iría haciendo. Rechazó la idea de que alguno de sus vecinos se hubiera tomado la libertad de guardar algo así en su jardín sin pedir su autorización. Se acercó al objeto a fin de examinarlo con cuidado. Su primera observación fue que el mueble parecía una caja que, según su apreciación, medía unos 70 centímetros de anchura por otros tantos de fondo y una altura de un metro, aproximadamente.

"¿Cuál es el frente?", se preguntó. Recorrió la caja con la mirada observando cada detalle pero, para su sorpresa, no pudo determinarlo. Las cuatro caras del paralelepípedo eran exactamente iguales.

Bien, puesto que tiene una tapa, veremos su contenido. Intentó levantarla pero sus esfuerzos resultaron inútiles; varios intentos no fueron suficientes para abrir la caja. Pegó el oído a uno de los costados esperando escuchar algo en el interior y... ¡nada! Quizás unos golpes con el puño podrían revelar si la caja estaba vacía: descubrió que algo había en su interior.

"¿Será pesada?", se preguntó. Colocó el hombro derecho contra la caja, apoyó con firmeza la pierna izquierda y empujó. En efecto, la caja era pesada, sin embargo, logró inclinarla ligeramente y las patas se despegaron del suelo un par de centímetros. Las cosas parecían cada vez más extrañas; su perplejidad iba en aumento. Si la caja cayó del cielo, las patas deberían estar enterradas en la tierra blanda del jardín; como esto no sucedió, significa que fue colocada con cuidado.

"¡Vaya misterio!", exclamó con cierto enojo, sin quitar la vista de la caja. "Esperaré a que Luisa se levante, quizás ella sepa algo al respecto".

"La única explicación que por el momento se me ocurre es que esta cosa... ¡no cayó, descendió suavemente! Pero, en ese caso, ¿será posible que la caja disponga de un sistema de navegación en el espacio?" De inmediato rechazó la idea, por absurda.

"¿De dónde llegó?" Fue la siguiente pregunta que le vino a la mente. Instintivamente levantó la vista hacia el cielo, quizá temiendo descubrir una nave extraterrestre. Al no verla, casi soltó una carcajada. Eduardo nunca había creído en la existencia de los llamados OVNI, ni en los hombrecitos esbeltos de grandes ojos negros que visitan la Tierra, los que aparecen en algunas revistas y programas de la televisión. Siempre se había considerado a sí mismo un científico porque había estudiado muchos años para llegar a serlo. En algún momento de su vida de estudiante había sostenido una discusión con sus profesores y condiscípulos sobre la posible existencia de vida en otros planetas y la probable visita de extraterrestres a la Tierra, y había afirmado categóricamente que, llegado el caso de encontrarse frente a un viajero espacial, procuraría establecer comunicación con él, ya que no creía que un ser extraterrestre llegara a nuestro planeta con el único fin de causar daño a sus habitantes. En ese momento recordó haber escuchado en la madrugada un

extraño zumbido, al cual no había dado importancia, y cayó en la cuenta de que seguramente ése había sido el motivo de su inquietud al despertar.

La llamada de Luisa a desayunar lo sacó de sus reflexiones y decidió dejar para más tarde la observación y el análisis de la caja. Apenas disponía de unos minutos para darse el baño diario antes de pasar al comedor a disfrutar las delicias que cariñosamente había preparado su esposa.

El matrimonio Morlet decidió mudarse a un pequeño pueblo después de que Eduardo obtuvo su jubilación. Como lo sabían sus amigos y vecinos, se sentía orgulloso de sus 40 años de trabajo como profesor e investigador en una de las instituciones educativas más importantes del país. La decisión que tomó el matrimonio de salir de la gran ciudad se debió a las dolencias de garganta de Eduardo, debidas seguramente a los muchos años de impartir cátedra, y para aprovechar la casa, hasta entonces siempre abandonada, que había heredado de sus padres. San Blas es un pequeño lugar de sólo 15 mil habitantes, donde reina la más completa tranquilidad y se respira un aire muy puro, libre de contaminación. El clima seco y templado de aquel paraíso, que así les parecía, resultaba adecuado para Luisa, que padecía de artritis. Si al principio abrigaron ciertas dudas sobre su decisión, luego de seis años de vivir en San Blas estaban seguros de haber descubierto una felicidad redonda: ya no tenían obligación de cumplir con los compromisos sociales que les imponía la capital, había terminado la lucha cotidiana por ganar un espacio en el tráfico vehicular y, más importante aún, había terminado para Eduardo la obligación de presentarse con toda regularidad a desempeñar una labor constante que, a pesar de gozar de relativa independencia, estaba sometida al capricho de un jefe que le dictaba órdenes o se inmiscuía demasiado en el rumbo de sus investigaciones. Tanto él como Luisa provenían de familias humildes y habían tenido que luchar arduamente para salir adelante y lograr la formación de sus cuatro hijos. Hoy disfrutaban de una vida plena, y los lazos de amor y comprensión, que siempre habían existido en su matrimonio, se habían fortalecido; marido y mujer se trataban con dulzura y delicadeza. Quizá su única preocupación era encontrarse a más de 100 kilómetros de distancia de sus hijos; sin embargo, las constantes visitas que les hacían, acompañados de los nietos, contribuían a su tranquilidad. En aquella paz, la pareja se dedicaba principalmente a la lectura. Eduardo traducía libros para una editorial y, en ocasiones, dedicaba un par de horas a enseñar computación a uno o más alumnos del pueblo deseosos de aprovechar sus conocimientos. Muchas horas dedicaba a la navegación por Internet: con fines de estudio; para comunicarse con sus hijos y amistades, o bien como apoyo para investigar temas de su interés; estaba acostumbrado a mantenerse al día y hacía considerables esfuerzos para allegarse información sobre los avances en los campos de la Física y de la Astronomía. Siempre había deseado adquirir un telescopio para realizar observaciones astronómicas, pero no se había decidido a deshacerse de los pocos ahorros con que contaban, pues su pensión como jubilado era pequeña. Luisa, por su parte, gustaba de tejer y no faltaba ocasión en la que se brindara a enseñar a otras personas del pueblo.

Durante el desayuno, Eduardo platicó a Luisa los detalles de su extraño descubrimiento. Ella lo escuchó con atención, sin pronunciar palabra, y en sus grandes y hermosos ojos fue asomando el asombro y la curiosidad cada vez mayores.

—Nada sabía sobre esto —dijo ella—, pero creo que debemos esperar a que alguno de nuestros vecinos venga a preguntar por su lavadora o... lo que sea, más que ir a preguntarles nosotros, ¿no te parece?, se atrevió a opinar, aprovechando una pausa de Eduardo.

—Estoy de acuerdo con esa idea —contestó Eduardo— Es más, no obstante que la caja no es nuestra, creo que por el simple hecho de encontrarse en nuestra propiedad tengo el derecho a enterarme de su contenido, y quizá nos revele el nombre del dueño.

—¿Cómo piensas hacerlo, si no puedes abrirla? —preguntó Luisa, sin ocultar su curiosidad.

—No lo sé. No deseo causar daño a la caja. Tal vez utilice un desarmador a manera de palanca.

—Y si la abrimos, ¿crees que su contenido pueda ser peligroso? Siento algo de temor. Podría suceder algo malo, como en el caso de la "Caja de Pandora" —dijo Luisa con cierto recelo.

—No debes preocuparte, contestó Eduardo cariñosa y amablemente para tranquilizar a su esposa. No creo que alguien haya tenido la mala intención de enviar un artefacto destructor a nuestra casa o a un pueblo tan pequeño como éste.

Luisa no quiso agregar más, a pesar de que se inclinaba por la conveniencia de informar a las autoridades sobre el extraño hecho. Si prefirió callar era porque sabía que cuando Eduardo tomaba una decisión difícilmente la abandonaba antes de alcanzar su objetivo. Ambos prolongaron el silencio. Eduardo trataba de encontrar respuestas a sus numerosas interrogantes y Luisa pensaba en las posibles consecuencias de abrir la extraña caja; sentía miedo sin saber por qué.

Al terminar de desayunar, Luisa insistió en acompañar a Eduardo y él aceptó gustosamente; tomó un desarmador y fueron hasta donde se encontraba la famosa caja blanca. En el primer intento introdujo la herramienta en la parte inferior de la tapa con el fin de ejercer una acción de palanca. El resultado fue infructuoso. Repitió la maniobra varias veces en distintos lugares, pero nada consiguió. Movió la cabeza, meditó unos segundos y entró a la casa por un martillo con el que golpeó el desarmador una vez insertado en la parte inferior de la tapa. Nada, la tapa no cedió. Eduardo reparó, con sorpresa, que los golpes que propinaba a la caja no dañaban el material con que estaba fabricada, ni siquiera la pintura blanca. Se hallaba ante un material desconocido y pensó que tal vez se trataba de alguna aleación de titanio,

elemento que se utiliza en la ingeniería aeroespacial. En ese momento comenzó a sospechar, muy contrariado, que la caja probablemente no era de este planeta. Luisa observaba con atención y preocupación el gesto de desconcierto de su esposo. No cabía duda de que la caja representaba un reto para la experiencia de Eduardo como profesor de ciencias. Estaba empeñado en abrirla, tenía que conocer su contenido, deseaba más que nunca descubrir el enigma de la caja blanca, pasara lo que pasara. Adoptando un aire de humildad, Luisa se atrevió a decir a su esposo:

—Si me permites, yo te sugiero que en vez de tratar de abrir la tapa haciendo palanca hacia arriba, la presiones hacia abajo; algunos mecanismos de cerraduras de puertas se abren de esa manera. Sin decir una palabra, Eduardo oprimió la tapa y uno de sus costados comenzó a levantarse. No pudieron ocultar su júbilo.

Habían transcurrido casi dos horas desde que Eduardo comenzara a intentar abrir la caja. Satisfecho de haberlo conseguido al fin, observó con sorpresa que la extraña máquina parecía... ¡una computadora! La tapa resultó ser la pantalla y... ¡estaba encendida! Observaron destellos luminosos: pequeños puntos de colores que surgían en el centro y se agrandaban hasta ocupar toda la pantalla, desaparecían y recomenzaba el ciclo. En la base de lo que parecía el monitor, se encontraba un teclado negro, con teclas de diversos colores. A la izquierda, tres teclas rojas; en la parte inferior, cinco teclas azules; en la parte superior, cinco teclas verdes; las teclas restantes eran negras. Con excepción de las teclas rojas, de mayor tamaño, todas presentaban extraños caracteres en color blanco. Eduardo pensó que se trataba de jeroglíficos especiales, pero no pudo reconocerlos: no pertenecían a alguno de los idiomas que conocía.

—Esto no es chino ni japonés ni coreano —dijo.

Acostumbrado al manejo de computadoras, Eduardo supuso que los puntos luminosos no eran sino un protector de pantalla y que desaparecerían al pulsar alguna de las teclas. Oprimió una de las teclas negras y esperó a ver algún cambio o el eco de ese carácter en la pantalla, pero nada ocurrió. Oprimió otra tecla y... otra más. Hizo lo mismo con las teclas de colores pero nada. ¡Ninguna respuesta!

—Este teclado —dijo a Luisa— debe funcionar de alguna manera especial para que se obtengan resultados, pero la desconozco. Es necesario que piense las cosas y trace algún plan, con mucho cuidado, para intentar descubrir la manera en que funciona. Permíteme ir por la cámara fotográfica. Creo que debo darme prisa para evitar que la batería se descargue.

Luisa volvió a la cocina a preparar los alimentos del mediodía. Al cabo de unos minutos, Eduardo regresó y tomó fotografías de la máquina desde todos sus ángulos, especialmente del teclado, al que deseaba dedicarle más tiempo. Cerró la tapa y se marchó a su estudio.

Hacía mucho tiempo que Eduardo no había sentido un deseo tan grande por encontrar respuestas a sus preguntas. Gozaba de enfrentarse a problemas a partir de su pasión por la investigación científica. Su deseo se acentuó más aún tal vez por su condición de jubilado, pues ya habían transcurrido varios años desde que dejó de ejercer su profesión. Continuamente se quejaba con Luisa diciendo: "Ya desconozco la Física moderna, ni siquiera entiendo bien qué son las partículas subatómicas llamadas quarks". Alejado de los centros de investigación, sólo recibía información a través de algunas revistas especializadas publicadas por las sociedades científicas a las que había pertenecido. No acostumbraba cultivar su nostalgia, ya que rápidamente se enfrascaba en sus actuales tareas, que le procuraban grandes satisfacciones, como la atención a su jardín, así como las muchas horas que pasaba en compañía de su esposa riendo y recordando los tiempos de juventud, de su noviazgo y de la infancia y adolescencia de sus hijos.

Su interés por las ciencias de la computación lo llevaba a procurarse continuamente la nueva versión de cada programa que utilizaba, porque "no tengo el menor deseo de quedarme rezagado". Muy a su pesar, se veía obligado a desembolsar cantidades cada vez más elevadas para adquirir nuevos programas de computadora, cuyos precios seguían en aumento, y sólo en contadas ocasiones recurría al *software pirata,* porque el simple hecho de hacerlo le resultaba repugnante, contrario a sus convicciones. Además, los programas no traían el manual del usuario y tenía que hacer esfuerzos considerables para averiguar cómo trabajaban. Continuamente sentía el deseo de cambiar su computadora por otra más moderna, pero los gastos que había hecho para mantener en condiciones adecuadas la vieja casa le impedían realizar un desembolso semejante.

Una vez que revisó en la computadora las fotografías que había tomado con su cámara digital, llegó a la conclusión de que el problema a que se enfrentaba no era fácil: "No identifico las teclas de función e ignoro si tiene alguna tecla Control". Estaba en su problema, absorto, cuando escuchó la voz de Luisa llamándolo a comer.

CAPÍTULO 2
Los amigos

El matrimonio acostumbraba escuchar las noticias de las 3:00 de la tarde de cada día. No era fácil disponer de periódicos y el correo resultaba deficiente en sus entregas. Más tarde, tomaban una siesta de 15 ó 20 minutos. Así lo hicieron ese día, pero Eduardo no pudo conciliar el sueño. No dejaba de pensar en su problema y pacientemente esperó a que Luisa despertara.

—¿Vamos al centro? —preguntó Luisa al abrir los ojos.

Los Morlet recorrían las ocho calles que separaban el centro del pueblo de su casa para "estirar las piernas" y aprovechaban el paseo para saludar a sus amigos y hacer algunas compras. Eduardo aceptó y, aunque la tarde era calurosa, tomó una chamarra ligera como previsión de un cambio de temperatura al regreso. Luisa caminaba aún con gracia, sus 63 años no habían hecho mella en sus bellas facciones, su porte era distinguido; quienes la miraban podían apostar que de joven había sido una mujer muy atractiva. En el pueblo, Luisa era mirada como una dama distinguida en su sencillez, pulcra en su sentir y actuar, discreta y sincera a la vez. Eduardo no ocultaba su orgullo cuando caminaban tomados de la mano. En el trayecto comentaban los cambios que iba sufriendo el pueblo y lamentaban las bardas pintarrajeadas con propaganda de los partidos políticos. Era una tarde magnífica: clara y serena; en el cielo, apenas se distinguían pequeños algodones blancos. Las tejas de las casas, que originalmente debieron haber sido de color rojo, ahora, con el paso del tiempo, estaban pálidas y con manchones verdosos. Nunca eludían el saludo atento a otros transeúntes, aunque les resultaran desconocidos; en el pueblo se conservaba la buena costumbre de dirigir el saludo a todo el mundo. Ellos eran muy estimados en el lugar y seguramente hasta envidiados por algunos.

Entre recuerdos y comentarios llegaron hasta la cafetería de doña Conchita, un lugar modesto y acogedor al que acudían los vecinos para saborear una rebanada de pastel y beber una taza de buen café, todo preparado por la dueña.

—¡Hola profesor! —un fornido hombre de bigote cano saludó a Eduardo; se hallaba sentado en un rincón de la cafetería en compañía de otro hombre delgado, entrado en años, con las sienes plateadas y anteojos algo anticuados, quien también saludó cordialmente.

—¡Qué tal, coronel! ¿Cómo van las cosas, Miguel? —fue la respuesta de Eduardo a los saludos. Se trataba de dos buenos amigos: Agustín Reyes, militar retirado con el grado de teniente coronel, quien era llamado por todos simplemente coronel (y él se sentía muy satisfecho), y Miguel Olea, licenciado en derecho, un hombre que proyectaba un cierto aire de seguridad y bondad. Al acercarse la pareja, los dos se pusieron de pie y saludaron a Luisa con un beso en la mejilla, invitándoles a tomar asiento. Luisa se disculpó, se separó del grupo y, acompañada de Eduardo, se acercó a otra mesa donde se encontraban tres de sus amigas. Luego de los saludos, Luisa tomó asiento y Eduardo regresó al lugar en que estaban sus amigos.

—Oye, profesor, ¿qué opinas sobre la nueva reforma fiscal aprobada por el Congreso? —preguntó Agustín atusándose el bigote y con claros deseos de iniciar una charla. Eduardo dio su opinión al respecto, evitando entrar en discusiones. Era casi una tradición sumarse a esas reuniones informales que tenían lugar por las tardes en la cafetería. Se hablaba de todo y nunca faltaban comentarios sobre las mejoras en el pueblo o críticas al trabajo del nuevo alcalde.

—¿Ya saben lo que le sucedió a don Esteban Gómez, el dueño de la mercería? —preguntó Miguel. Inmediatamente se alargó en detalles para describir el asalto del que había sido víctima el buen Gómez, en la capital, cuyas consecuencias afortunadamente sólo habían sido el susto y la pérdida del dinero que llevaba encima para hacer algunas compras. No faltaba quien contara el último chiste sobre gallegos ni el comentario sobre la enfermedad del familiar de un amigo.

Luisa, por su parte, no perdonaba la taza de café capuchino acompañado de una buena rebanada de pan de queso, especialidad de la casa. Entre las amigas se comentaban los rumores que circulaban, el aumento a los precios de los productos alimenticios, el último capítulo de la telenovela y de seguro algunos chistes, pues se escuchaban sus risas continuamente.

—¿Cuándo me das la receta de esa gelatina de queso que nos ofreciste en tu casa? —preguntó Leticia, esposa de Miguel, a Luisa.

—Mañana te la llevo —fue la respuesta. Luisa gozaba de una buena reputación por sus conocimientos culinarios y siempre era generosa con sus amigas.

Así transcurrió la tarde. Las luces de las calles se encendieron. Había llegado la hora de retirarse. Los esposos Morlet se despidieron, atravesaron la calle para comprar en la tienda de don Aurelio leche, pan y poco más y regresaron a casa, mirando dónde pisaban. Las calles eran algo oscuras y empedradas; además, las banquetas se encontraban deterioradas y Luisa se apoyaba en el brazo de su esposo.

CAPÍTULO 3
Tor Bulkan

La noche transcurrió lentamente. Salió el sol. Eduardo abrió los ojos más temprano que de costumbre. Se vistió rápidamente, tomó una libreta de notas y un lápiz. Preparó los utensilios para el desayuno y sin poder esperar más se dirigió decidido a la máquina. Una mezcla de expectación e intriga invadía sus pensamientos. Después de levantar la tapa, puso en marcha el plan que se había trazado: oprimió una de las teclas azules y, sin soltarla, fue pulsando una a una las teclas negras sin dejar de mirar la pantalla. Puesto que no obtuvo respuesta, repitió la operación con la siguiente tecla azul... y así continuó hasta terminar con todas las teclas azules. Había llegado la hora del desayuno y, al llamado de Luisa, cerró la máquina y se encaminó a darse su diario duchazo. Minutos después llegó al comedor, donde encontró la mesa bien servida. Dio un beso a su mujer y comenzó a tomar sus alimentos.

Mientras Luisa preparaba el café con leche, le preguntó:

—¿Cómo va tu trabajo con la máquina?

—A decir verdad, ¡nada he avanzado! Mucho me temo que la batería se agote.

—¿Seguirás adelante con tu plan?

—Así es, ya me decidí por un camino y no he cambiado de parecer. No se me ha ocurrido otra cosa. Si no obtengo algo,

tendremos que pensar para qué puede servir ese mueble. Seguramente has observado que nadie ha preguntado por esa lavadora. Ni amigos ni vecinos.

—Es verdad —dijo ella—, evité comentarlo con las amigas, ya sabes que son muy curiosas y no quise dar lugar a que me pidieran venir a ver la dichosa caja.

—Muy bien, creo que debemos procurar ser discretos sobre este asunto.

No obstante que el profesor gustaba de hablar mucho, el cúmulo de ideas que danzaban por su mente lo había vuelto muy escueto. Al terminar el desayuno, Eduardo alabó el cuidado con que su esposa había preparado los exquisitos alimentos, especialmente el pan recién horneado. Se puso de pie. Ayudó a llevar los trastes al fregadero y se precipitó al jardín. Poco le importó el suave aroma de sus flores. Sólo un pensamiento lo ocupaba: resolver el misterio de la máquina.

Correspondía el turno a las teclas amarillas. Oprimió la primera y la combinó con las teclas, una por una. Unos minutos después llegó Luisa. No quiso distraer a Eduardo, quien estaba absorto en sus pensamientos, con los ojos clavados en la pantalla. En un momento de desesperación y mal humor, el profesor soltó una maldición.

—¡Esto es inconcebible! ¡No sé cómo demonios funciona esto!

Se frotó el rostro con las manos. Muy enojado, cerró nuevamente la tapa.

—Tranquilo. Debes tener calma. Nunca has sido hombre que pierda tan fácilmente la paciencia. Verás que de un momento a otro resolverás el problema —Luisa tocó con suavidad el hombro de Eduardo y ambos permanecieron callados, sumidos en sus pensamientos. No habían transcurrido más de un par de minutos, cuando la tapa de la máquina comenzó a elevarse por sí sola. La pantalla mostraba otra vez los puntos luminosos. Al quedar completamente vertical, las tres teclas rojas, las que no tenían símbolos impresos, empezaron a sobresalir del teclado lentamente hasta alcanzar una altura de unos 10 centímetros. El matrimonio quedó sorprendido, sus ojos fijos en el fenómeno. ¿Qué era lo que estaba pasando? Eduardo no tenía la respuesta. Las cosas continuaban sucediendo. De los extremos superiores de esas teclas comenzó a proyectarse un rayo de luz.

—¡Son rayos láser! —expresó Eduardo levantando la voz. Aquellos rayos comenzaron a zigzaguear y a una distancia de unos tres metros comenzó a formarse una imagen. El espectáculo era bello y sorprendente a la vez. Se hacía imposible desviar la vista del fenómeno que se estaba produciendo. Como si se tratara de la pantalla de un aparato de televisión, los rayos estaban creando una imagen... ¡la imagen de una cabeza! Instintivamente, Luisa se aferró al brazo de Eduardo. Comenzaba a sentirse muy nerviosa, pensaba que las cosas iban por mal camino. Su esposo, en cambio, observaba la escena con enorme interés, sin perder detalle. Su cabeza era un torbellino de ideas. Para tranquilizar a Luisa, oprimió su mano y le dijo:

—Es un ¡holograma! Es decir, la reproducción de una imagen tridimensional producida por rayos láser. La holografía es una tecnología que ha venido desarrollándose desde su invención, en 1947, por Dennis Gabor —hizo esta afirmación con conocimiento de causa y sin emoción alguna en la voz, como si se encontrara ofreciendo una conferencia ante un auditorio interesado en el tema.

Al quedar terminada la cabeza quedaron bien definidos sus rasgos: un hombre de cabello negro, brillante, espeso y largo, de pálida piel. Era un rostro bello, parecido a una escultura clásica de Miguel Ángel. Sus ojos oscuros miraban directamente hacia la máquina, sin parpadear. Eduardo sintió el impulso de obstruir, con la libreta que tenía en la mano, la salida de los rayos láser para suspender la formación de la imagen tridimensional. Sin embargo, su curiosidad venció ese impulso. Zigzagueando con gran rapidez, los rayos empezaron a crear el torso desnudo de un hombre bien formado y musculoso. El cabello le llegaba hasta los hombros. El nerviosismo de Luisa iba en aumento, sus labios no dejaban de temblar, su corazón palpitaba fuertemente y oprimía con más fuerza el brazo de Eduardo. Sí, definitivamente esa criatura debía poseer una gran fuerza, así lo demostraban sus brazos musculosos. Luisa se cubrió, púdica, los ojos cuando los rayos comenzaron a crear la parte inferior, completamente desnuda, de aquel ser. La imagen tridimensional quedó completa. Los rayos habían terminado su trabajo; dejaron de salir de los tubos y éstos volvieron a tomar su sitio hasta convertirse otra vez en teclas rojas. La tapa de la máquina se cerró. Eduardo retiró el brazo y la libreta, y un estremecimiento le recorrió el cuerpo. Se quedó un momento tenso e indeciso: estaba seguro de que al suspenderse los rayos, la imagen se desvanecería, pero no fue así, la imagen... ¡se había materializado! Se trataba en verdad de un hombre desnudo, erguido, completamente inmóvil, como una estatua. Sólo la cabeza era ligeramente grande en proporción a la estatura, haciéndolo parecer un poco deforme. Eduardo estaba confundido, no acertaba qué hacer. Su curiosidad científica se transformó en miedo, miedo a lo desconocido; perdió la seguridad. Luisa advertía el desconcierto de su marido y sintió el vivo deseo de huir del lugar, pero sus piernas no le respondieron, apenas podían sostener su cuerpo, y tuvo que apoyarse en el hombro de Eduardo. Los segundos seguían transcurriendo. De pronto, la criatura empezó a caminar lentamente hacia ellos. El terror invadió a la pareja. La reacción involuntaria de Eduardo fue levantar la mano derecha en un intento por detener el avance del hombre y... sí, ¡lo consiguió! Obediente, la criatura hizo alto. Eduardo abrazó a Luisa y, casi arrastrándola, comenzaron a alejarse muy despacio, sin dejar de mirar al extraño ser, que ahora se dirigía a la máquina. Era claro

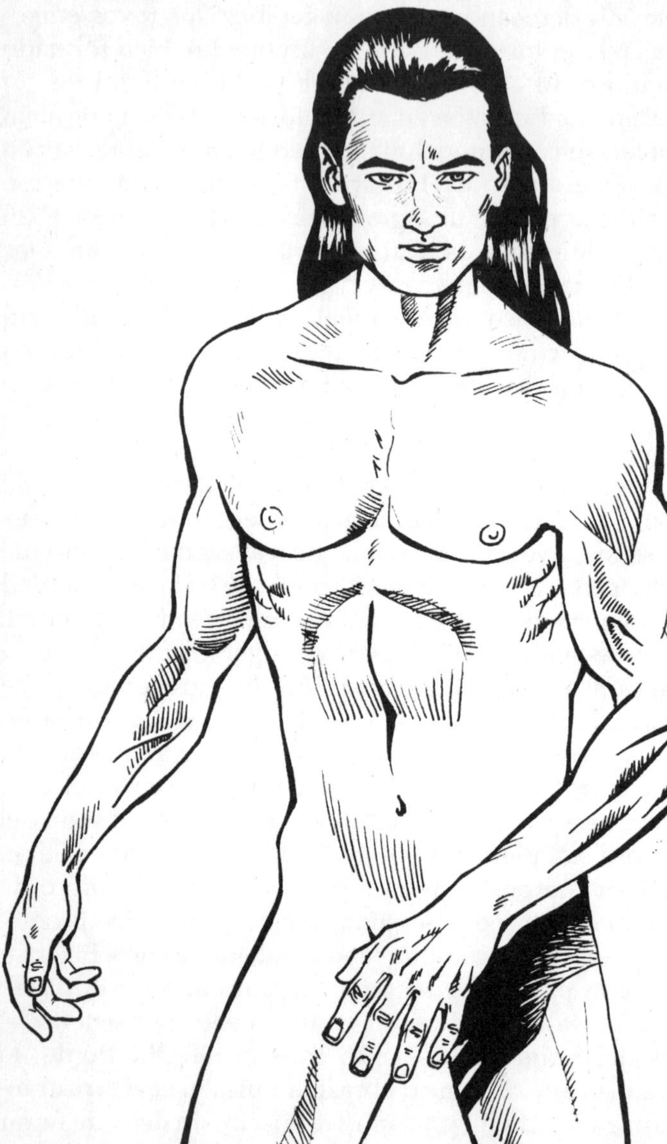

que la conocía perfectamente porque levantó la tapa, oprimió algunas combinaciones de teclas y la tapa volvió a cerrarse. El hombre dirigió la vista hacia ellos. Su mirada no denotaba amenaza alguna; después, sus ojos recorrieron lentamente el jardín. Pasaron varios segundos y la tapa de la máquina comenzó a elevarse. Otra vez el matrimonio observó la salida de las teclas rojas y la producción de rayos láser, que producían una nueva imagen. Si por un momento la pareja había empezado a sentir cierta tranquilidad, volvieron a perderla temiendo la posibilidad de que se materializara otro ser. Luisa no pudo contenerse más, sintió que su corazón se le salía del pecho, dos lágrimas se deslizaron por sus mejillas, sus brazos y piernas no dejaban de temblar. Invadida por el miedo, soltó el brazo de su esposo y huyó despavorida hacia la cocina. Eduardo sintió el impulso de alejarse tras de Luisa, pero la imagen que estaba formándose era diferente y su curiosidad venció a su temor. Esta vez las imágenes creadas y materializadas correspondían a prendas de vestir. Una a una iban cayendo al piso y el hombre comenzó a vestirse; ropa interior, pantalón azul, chaqueta del mismo color, botines de color negro brillante, un casco plateado con un escudo dorado al frente, un cinturón ancho provisto de una gran hebilla dorada y, para terminar, un extraño aparato, parecido a un teléfono celular, con una antena de unos 30 centímetros de largo. Por la indumentaria, Eduardo pensó de inmediato que ese hombre era un soldado. Desde la ventana de su cocina, Luisa no perdía detalle de los acontecimientos que estaban ocurriendo en el jardín y varias veces sintió el impulso de llamar a su marido, pero abandonaba la idea. Eduardo, en cambio, se sentía cada vez más tranquilo en vista de que su seguridad en ningún momento había sido amenazada. Completamente vestido, el soldado comenzó a caminar con gallardía hacia Eduardo, que se quedó estupefacto, petrificado y como hipnotizado, incapaz de moverse. Por un momento el esposo de Luisa sintió un estremecimiento que le recorrió todo el cuerpo, pero recuperó la sangre fría y esperó que se acercara el militar. Sólo un metro separaba a los dos hombres cuando el soldado levantó el aparato, colocó el brazo derecho frente a su pecho y con voz firme dijo:

—Tor —hizo una corta pausa y agregó—: Bulkan.

A Eduardo no le cupo la menor duda de que se trataba de un saludo. Hizo un esfuerzo para evitar que la voz se le quebrara, y suavemente dijo:

—¡Bienvenido!

—Bienvenido —repitió con toda claridad el militar.

Ambos deseaban agregar algo más pero comprendieron que de momento no sería posible: hablaban diferente idioma. Tor colgó el aparato del cinturón, dirigió la vista al jardín y hacia allá dirigió sus pasos, seguido por Eduardo. En uno de los costados del jardín crecía un cedro, de mediana altura, orgullo de la casa, y Tor tocó con ambas manos el grueso tronco.

—Árbol —dijo Eduardo.

—Árbol —repitió el soldado. Observó detenidamente el tronco, las ramas, las hojas y se quedó pensativo. Un rosal de bellas rosas de color coral llamó su atención, se acercó y lo revisó, tocó las espinas, miró los botones y detuvo su recorrido en una de las flores. La escena se repitió: Eduardo dijo el nombre y el militar lo repitió con asombrosa claridad. De pronto, algunas matas del jardín se movieron dejando ver una cara negra de ojos brillantes y Tor, rápido como un relámpago, empuñó su aparato y dirigió la "antena" hacia esa cara.

—¡Noooo! —gritó Eduardo, al comprender que el aparato no era un sistema de comunicación, sino un arma que podría dañar a Neky, el gato consentido de Luisa. El militar detuvo la acción y Neky, asustado por el grito de Eduardo, huyó del jardín con rumbo a la cocina.

La curiosidad de Tor Bulkan parecía no tener límites. Revisó una a una las diversas plantas. Palpó la higuera sembrada en el centro del jardín, de la cual colgaba una hermosa glicina, esa planta sarmentosa de flores color malva; se detuvo a estudiar los blancos alcatraces, los agapantos azules. Eduardo Morlet, orgulloso de su trabajo, pronunciaba el nombre de cada planta y Tor lo repetía como tratando de grabarlo en su memoria. Tor se fijó también en la mariposa amarilla que aleteaba entre las flores; al parecer, todo era nuevo para el soldado. Cuando no hubo planta que quedara por revisar, Eduardo dijo: "Ven", y acompañó la invitación con una seña. Se dirigió al estudio, seguido por el soldado. Lo primero que llamó la atención de Tor fueron los libros, colocados con esmero en los libreros. Eduardo juzgó conveniente mostrar a Tor un tomo de zoología bellamente ilustrado. Localizó la sección dedicada a los felinos y mostró a Tor la cara de ojos brillantes de un gato. El extraterrestre comprendió la intención. Observó de qué manera hojeaba Eduardo el libro, tocó una hoja e imitó la acción, deteniendo su vista en las imágenes de diversos animales y repitiendo el nombre pronunciado por Eduardo. El tiempo transcurría y Tor mostraba cada vez más interés por los libros. De pronto, Luisa apareció en la puerta del estudio y se aproximó lenta y suavemente. Tor, sin embargo, percibió la presencia de Luisa y rápidamente volvió la vista hacia la visitante. Luisa se detuvo. Eduardo reaccionó y, para evitar que el soldado creyera que se trataba de una amenaza, fue al encuentro de su esposa y la aproximó al militar.

—Luisa —y al mismo tiempo señaló a la mujer.

El soldado la miró, la señaló también y repitió "Luisa". Volvió la mano, señaló al hombre y dijo "Bienvenido". Eduardo comprendió el error cometido al momento de la presentación de los dos hombres y corrigió:

—Luisa, Eduardo —al pronunciar los nombres, dirigió su mano hacia su esposa y luego hacia sí mismo.

—¡Alerca! —dijo Tor. Seguramente había comprendido la equivocación.

—Está lista la comida y también para nuestro invitado —dijo Luisa, cortésmente.

—Vamos —Eduardo intentó tomar a Tor por el brazo para conducirlo al comedor, pero éste no permitió que lo tocara.

—Ven —dijo a Tor, al mismo tiempo que invitaba a su esposa a salir del estudio. El soldado los siguió. Llegaron al comedor, donde encontraron la mesa espléndidamente arreglada. Con todo cuidado, Luisa había colocado un vistoso mantel, los platos de su mejor vajilla y todo lo necesario para servir la comida. Cualquiera diría que se trataba de la celebración de un evento importante. Tor recorrió con la vista cada uno de los objetos colocados sobre la mesa; con seguridad no sabía para qué era todo aquello; sin embargo, se sentó en la silla siguiendo el ejemplo de la pareja. Sus ojos se clavaron en la jarra de cristal llena de agua y dirigió su dedo índice hacia ella.

—Agua —dijo Eduardo, adivinando el deseo del soldado de conocer el nombre.

—Agua —repitió Tor y agregó—: "Ven" —no cabía duda de su deseo y Eduardo le sirvió un vaso. El militar vació el contenido.

Luisa sirvió una crema de espárragos y comenzaron a comer pero, para su sorpresa, Tor ni siquiera hizo el intento de probarla. Los esposos se miraron y no supieron qué hacer. Continuaron comiendo con la esperanza de que el soldado les imitara. Nada consiguieron. Tor les miraba con extrañeza y permanecía rígido, imperturbable, serio, sin mostrar emoción alguna. La expresión de su rostro les resultaba desconcertante. Eduardo se dio ánimos y se atrevió a preguntar:

—¿Qué es lo que comes? —la frase fue acompañada con señas que fueran comprensibles.

—Alerca —contestó Tor y agregó—: "Qué es lo que comes"— siguiendo la costumbre que se había impuesto de repetir las palabras; se encogió de hombros y movió negativamente la cabeza.

—¿No comerá nada? ¡Eso no es posible! Ojalá más tarde descubramos sus hábitos alimentarios y sepamos qué come —dijo Eduardo a su esposa.

—Sí, y será sin duda algo muy interesante —no se pronunció una sola palabra más y la situación se tornó tensa. Para romper ese silencio incómodo, Eduardo dijo a su esposa:

—Por favor, me sirves el postre.

Mientras Luisa iba por el postre a la cocina, Tor se dirigió a Eduardo y le dijo:

—Por favor, agua —satisfecho y admirado por los progresos que mostraba el soldado en el conocimiento del idioma, Eduardo se apresuró a servirle otro vaso de agua.

La comida terminó. Luisa llevó los platos a la cocina y Eduardo se puso de pie, con la idea de mostrar a Tor toda la casa. Visitaron la recámara, los baños, la huerta. Le mostró también otras habitaciones vacías, ya que la casa era bastante amplia y disponía de siete cuartos alrededor del jardín. "Este día no habrá siesta", pensó Eduardo. Cuando Tor consideró concluida la visita, dijo:

—Eduardo, ven —los dos hombres se dirigieron a la máquina. Tor pronunció unas palabras, que Eduardo no comprendió, al mismo tiempo que señalaba la máquina y una de las habitaciones vacías. La intención del militar era muy clara: deseaba transportar la máquina a ese cuarto.

—Sí, puedes hacerlo, pero es preferible aquélla —fue la respuesta inmediata, acompañada del gesto que señalaba la recámara que era utilizada para recibir la visita de los hijos.

Eduardo se preguntaba si el hombre sería suficientemente fuerte para cargar la pesada máquina y caminar con ella. Muy pronto supo la respuesta. Tor descolgó su arma del cinturón, dirigió el cañón hacia la máquina, oprimió uno de los botones de la hebilla de su cinturón y la máquina, conducida por el tubo del arma, ascendió unos 40 centímetros.

Eduardo se quedó atónito. La máquina había perdido su peso. En nuestro mundo no existía aparato alguno que permitiera contrarrestar la atracción gravitatoria de la Tierra. Estaba siendo testigo de un avance tecnológico sorprendente. Contemplaba, admirado, el sueño de muchos científicos hecho realidad.

Suspendida en el aire, la máquina fue transportada con suma facilidad al interior de la habitación contigua al estudio. Allí había una cama, dos sillas, un armario, una mesa y un aparato de TV. Tor colocó la máquina en el sitio que mejor le pareció e inmediatamente levantó la tapa y comenzó a teclear. Eduardo, al no comprender qué era lo que hacía el militar, optó por salir de la habitación y fue en busca de su esposa.

—Pienso si sería conveniente que saliera a hacer algunas compras y a llevar a Leticia una receta —dijo Luisa, y agregó—: me imagino que no podrás salir, pero procuraré no tardar mucho... ¿Crees que puedo dejarte por un rato? Porque no sé qué es lo que pudiera ocurrir con este extraño visitante y temo dejarte solo. ¿No sientes temor de Tor? ¿Necesitas que te traiga alguna cosa?

—No, gracias. Ve sin preocuparte que nada va a sucederme. Esperaré un rato y, si lo considero conveniente, entraré a Internet para abrir mi correspondencia. Quizá los muchachos hayan escrito —Eduardo esperó alguna actividad del extraterrestre, pero al no mirar ningún movimiento extraño, se marchó al estudio y encendió su computadora.

CAPÍTULO 4
BRA, BRE, BRI, BRO, BRU

Era una tarde primaveral de fines de abril particularmente calurosa, por lo que, no obstante que el estudio era una habitación amplia, algunas gotas de sudor se deslizaban por la frente de Eduardo. Mientras intentaba lograr la conexión con Internet, se preguntaba en qué momento Tor se presentaría a pedir algún alimento. Abrió su buzón de correo electrónico y sólo encontró dos mensajes: uno de su hija Isabel, quien le escribía con mucha frecuencia, y otro de un antiguo alumno invitándolo a asistir a un evento donde dictaría una conferencia sobre inteligencia artificial. Contestó a su hija largamente, pero se abstuvo de mencionar la extraña visita.

Cuando se disponía a contestar el mensaje de su alumno, se presentó sin casco el soldado espacial —como comenzaba a llamarlo su esposa—. Sin decir palabra, se dirigió a los libros de entre los cuales volvió a tomar el de zoología. Observó las imágenes largo rato y luego movió la cabeza con aire de insatisfacción. Eduardo adivinó el deseo del militar: aprender a leer el contenido de ese libro o quizá de otros. Se desconectó de Internet, apagó la computadora y dijo a Tor:

—Tor Bulkan, ven.

Obediente, el soldado se acercó al escritorio. Eduardo le indicó que tomara asiento, tomó unas hojas de papel y comenzó a escribir el abecedario, pronunciando en voz alta el nombre de cada letra. Eduardo esperó durante unos segundos la reacción de su nuevo alumno. Mirando la hoja, éste repitió el nombre de cada letra con seguridad y sin equivocaciones. Eduardo quedó asombrado: la capacidad de aquel individuo era grandiosa, seguramente esos seres habían evolucionado hasta tener cráneos mayores. Después, señaló con el lápiz diferentes letras y Tor dijo su nombre sin error alguno. A continuación escribió combinaciones de consonantes y vocales: BA, BE, BI, . . ., ZI, ZO, ZU e hizo que Tor las pronunciara de manera aleatoria. Tampoco hubo un solo tropiezo esta vez y Eduardo no salía de su admiración.

El sol comenzaba a ocultarse y el estudio iba quedando en sombras. Eduardo oprimió el botón del apagador de la lámpara de escritorio y de inmediato el soldado se inclinó para asomarse a ver el foco. Por primera vez en el día, Eduardo sonrió, frente a él se encontraba no un militar al cual temer, sino un niño curioso hambriento de conocimientos. No había muestras de cansancio en ninguno de los hombres, uno tenía enormes deseos de aprender y el otro estaba entusiasmado por la inteligencia de su estudiante. La sesión debía continuar. Eduardo enseñó los sonidos BRA, BRE, BRI, . . ., TRI, TRO, TRU. Asimismo, los sonidos BLA, BLE, BLI, . . ., TLI, TLO, TLU. Continuó con las diferentes formas en que se usa la letra H, luego pasó a la letra U combinada con las letras G y Q. Esta vez Tor, extendiendo la mano, pidió el lápiz y comenzó a escribir y a pronunciar diferentes sílabas, con sorprendente exactitud. Eduardo se convenció de que muy pronto el extraterrestre podría leer cualquier libro, aunque no comprendiera lo que leyera.

La silueta de Luisa se dibujó en la puerta del estudio y Tor no reaccionó de manera violenta: había percibido un sonido ya conocido.

—La merienda está lista.

—Ahora vamos —los dos hombres suspendieron su trabajo y se pusieron de pie. Antes de ir al comedor, Eduardo condujo a Tor a la habitación en la que estaba la máquina y le enseñó a encender la luz. Cuando el cuarto estuvo iluminado reparó en que junto a la máquina se encontraba una caja, semejante a un baúl, posiblemente de metal, pero no hizo comentario alguno. Le mostró cómo manejar el aparato de TV. El soldado miraba cada detalle con mucha curiosidad. Al terminar, apagaron la luz, la TV y echaron a andar hacia el comedor.

Al llegar a la mesa, el primero en hablar fue Tor.

—Por favor, Luisa, agua.

De inmediato fue traída una jarra y Tor se sirvió un vaso. La escena que se desarrolló a continuación fue idéntica a la de la comida. El militar se contentó con un vaso más de agua, pero en ningún momento perdió detalle de la pareja y, al parecer, escuchó con atención acerca de la conversación que Luisa sostuvo con su amiga Leticia, a quien había llevado la receta de la gelatina. Terminada la merienda, los hombres se pusieron de pie con la intención de retirarse y Luisa dijo:

—Buenas noches.

—Gracias, la merienda estuvo deliciosa —dijo Eduardo. Tor repitió la frase de Eduardo y esto hizo reír al matrimonio; el militar quedó sorprendido, sin entender lo que había causado tanta gracia.

Tor salió del comedor y se marchó directo al cuarto de visitas. Eduardo se quedó a hacer compañía a su esposa. Apagaron las luces, salieron al corredor y, curiosos, decidieron asomarse a la habitación donde estaba el soldado espacial. Allí lo encontraron mirando atentamente un programa de televisión. No desearon llamar su atención y se retiraron a la recámara con la intención de descansar. Luisa esperaba el momento en que estuvieron solos para decirle:

—Hemos tenido un día de gran desasosiego. Pasé por momentos de mucha angustia; no sé a qué nivel llegó mi adrenalina. Viví momentos de terror pensando en que ese militar pudiera causarnos algún daño. Aún sigo muy nerviosa. Mira, tengo numerosas preguntas que hacerte para despejar mis dudas. Por ejemplo, ¿de dónde vino este soldado?, ¿cómo fue posible que se presentara ante nuestros ojos?, ¿qué es lo que desea?

—Perdona que te interrumpa. Intentaré darte una explicación bajo la advertencia de que sólo es una teoría y procuraré no usar términos científicos. Espero que lo que pienso sea correcto o, cuando menos, muy cercano a la realidad. La respuesta a la pregunta: "¿cómo llegó?", es la siguiente: en diversos centros de investigación de nuestro planeta existen proyectos cuya finalidad es descubrir la manera de transportar materia utilizando ondas electromagnéticas. Para lograrlo, se requiere un transmisor, un receptor y un sistema mediante el cual se haga posible convertir en moléculas el material que desea transportarse; una vez que llega al receptor, éste debe tener la capacidad de ordenar las moléculas para que vuelvan a ocupar su posición original y el objeto se materialice. El día en que esto se logre tendremos la llamada *teletransportación.* Este problema es sumamente peliagudo y requiere, además de grandes sumas de dinero, enormes esfuerzos de experimentación. Tal vez recuerdes una película que vimos hace algún tiempo bajo el título de *La Mosca;* en esa cinta se muestra la teletransportación. Por lo que hemos podido ver, los extraterrestres ya lo han logrado. La caja que llegó a nuestro jardín es precisamente el receptor. Intentaré ahora contestar tu pregunta: "¿De dónde vino el soldado?" Comenzaré diciéndote que las ondas electromagnéticas, así como la luz, se propagan a una velocidad cercana a los 300 mil kilómetros por segundo. Para que te des una idea: nuestra Luna se encuentra a una distancia media de casi 300 mil kilómetros. Entonces, si se encendiera un potente reflector en la Tierra, la luz se vería en la Luna un segundo después. Ahora, si observaste la llegada de la ropa, transcurrieron unos cinco segundos desde el momento en que pulsó varias teclas hasta que se materializaron las prendas de vestir. Esto me lleva a pensar que si los extraterrestres no han superado la velocidad de la luz, entonces el transmisor está en nuestra Luna.

—¿No podría venir de otro sistema solar? —preguntó Luisa, muy interesada en la explicación que estaba recibiendo.

—Sí sería posible. Pero tal cosa exigiría, como dije antes, que ya hubieran superado la velocidad de la luz, lo cual, según Einstein, basado en la Teoría de la Relatividad, no es posible. Aunque existen rumores de que ya se ha logrado.

—Otra pregunta, Eduardo, ¿por qué no quiere comer?, ¿no se alimentan los extraterrestres?

—Tu pregunta es muy interesante y ya me la había hecho. Quizá no te fijaste pero en su cuarto está una gran caja metálica, dentro de la cual guarda posiblemente sus provisiones; sus alimentos deben ser diferentes a los nuestros. Para la última de tus preguntas: "¿Qué es lo que desea?", sinceramente no tengo respuesta. He estado observándolo y encuentro que por el momento su objetivo es conocer nuestras costumbres. Hasta ahora, muy poco esfuerzo ha mostrado para comunicarse con nosotros; sin embargo, percibo que se siente cómodo en nuestra casa. Si al principio él miraba todo con desconfianza, ahora lo veo cada vez más tranquilo.

Sin más comentarios, el matrimonio se preparó para acostarse; Eduardo encendió la radio, colocó un *CD* de música, con la idea de que su esposa se tranquilizara. Una vez más salió al corredor, se acercó al cuarto de visitas y comprobó que Tor seguía viendo la televisión; regresó a su recámara y después de un rato la pareja dormía profundamente.

CAPÍTULO 5
El faro

El reloj de la mesita de noche marcaba las 2:45 A.M. cuando Eduardo despertó. A través de la puerta de cristales de su recámara se filtraba una luz blanca muy intensa proveniente del jardín. "No hay luna llena", pensó. Se calzó las pantuflas, se puso una bata y se acercó a la puerta. Miró sorprendido que en el centro del jardín y a una altura de unos dos metros flotaba una luz que provenía de un objeto luminoso. Dudó sobre la conveniencia de salir y acercarse, sentía temor. Transcurrieron varios minutos en los que Eduardo no quitó la vista de esa cosa; además, no se escuchaba sonido alguno. Se armó de valor, abrió con cuidado la puerta, procurando no hacer ni el menor ruido; caminó unos pasos en dirección del cuarto de visitas. La noche era algo fría, muy tranquila, sin Luna, y el cielo posiblemente tachonado de estrellas porque la intensidad de la luz, casi cegadora, no permitía observar ese hermoso cielo de San Blas. Todo estaba en silencio, sólo se escuchaba el chirriar de los grillos; seguramente Tor había apagado la televisión... Esperó otros minutos sin hacer movimientos. Tomó ánimos y otra vez comenzó a caminar lentamente hacia el objeto brillante. En una de las paredes blancas de la casa vio proyectada su sombra, que iba creciendo a medida que se aproximaba al objeto. La luz que emitía el objeto apenas le permitía dirigir la vista a él, pero con grandes esfuerzos y colocada una

mano frente a sus ojos pudo mirar que se trataba de un cilindro del tamaño de un bolígrafo que estaba fijo, flotando en el aire y no suspendido de ningún hilo. Bajó la vista y esperó a recuperar su visión, mientras tanto pensaba en que vivía momentos de enorme importancia científica. Pensó que sería bueno llamar a Tor a fin de tener una explicación. Se acercó a su puerta, dio tres golpes ligeros y esperó. No obtuvo respuesta. Dio tres golpes más fuertes y... nada sucedió. No esperó más, abrió la puerta de la habitación y descubrió que el visitante no estaba allí. Cruzó por su mente la idea de que el soldado hubiera abandonado la casa. Caminó hasta el zaguán y confirmó que estaba cerrado con llave. Escudriñó cada rincón del jardín y después de meditar unos minutos llegó a la siguiente convicción: efectivamente, Tor salió de la casa y la única manera en que lo hizo fue por el aire... ¡Tor vuela! Además, dejó este objeto brillante para guiar su camino de regreso. No había nada que hacer, volvió a su cama, en su cerebro danzaban numerosas ideas y al mismo tiempo sentía una profunda preocupación; ¿qué sucedería si llegara a ser del conocimiento de algunos gobiernos extranjeros o de industriales ambiciosos que en su casa existía un ser extraterrestre que disponía de equipo tan poderoso como no lo había en la Tierra? Definitivamente, sobre su hogar se cernía un grave peligro y quizá la vida de su esposa y la de él estaban en riesgo. Después de un largo rato el cansancio lo venció y volvió a conciliar el sueño.

Muy de mañana nuestro hombre abrió los ojos, volteó la cara hacia el lado donde esperaba encontrar dormida a su esposa, pero no la vio. Miró el reloj, las agujas marcaban las 8:20, esperó unos minutos con la esperanza de escuchar algún ruido pero... ¡nada! Se vistió con mucha precipitación, salió de la habitación y fue directamente a la cocina. Tor miraba con atención los preparativos del desayuno que hacía Luisa.

—Mira el regalo que me acaba de hacer nuestro amigo —dijo orgullosamente Luisa, al tiempo que mostraba una placa brillante parecida a un espejo de unos 10 centímetros de diámetro—. Deja que te muestre: este espejo... —Tor la interrumpió para señalarlo y decir *tufilac*—, se coloca en el aire donde queda suspendido, se oprime el pequeño botón que tiene en este lado, aparece un rayo luminoso como escardillo y puede cocinar cualquier cosa en segundos. ¡Es una maravilla! Ahora te enseño la manera de usarlo: colocó el aparato a unos 40 centímetros de altura y oprimió el botón de encendido; debajo de la luz que emitía puso una manzana en un plato y cinco segundos después el vapor que desprendía la fruta revelaba que ésta estaba cocinada.

—¡Plasma! —fue una palabra fuerte que brotó de la boca de Eduardo— Apenas comenzamos a estudiar el cuarto estado de la materia, desde los años cincuenta, y ellos ya encontraron sus aplicaciones. Seguramente sus naves son impulsadas con plasma, porque nuestros científicos han afirmado que tal cosa es posible. Concluido el desayuno, Eduardo invitó al militar a continuar sus estudios.

"Seguiremos con la clase. Estoy seguro que muy pronto podremos comunicarnos".

Después de agradecer las atenciones de Luisa, se marcharon al estudio, tomaron asiento y Eduardo, que ya tenía un plan mediante señas con las manos, dibujando y señalando objetos, comenzó a enseñarle los pronombres personales: *yo, tú, el, ella...,* suprimió el *usted* y el *vosotros.* En cada caso esperaba la comprensión del alumno y cuando pronunciaba la palabra *alerca,* seguía con otro tema. Siguieron con los verbos y sus conjugaciones. Hizo énfasis en el verbo *volar,* señalando una mariposa que revoloteaba por el jardín, y cuando Tor dijo:

—Yo vuelo —sus manos y sus ojos expresaron no sólo que sabía conjugar el verbo, sino que efectivamente podía hacerlo. Este momento fue aprovechado por Eduardo para pedirle con señas que le explicara por qué él había visto un objeto que despedía luz. Tor no contestó, se puso de pie y se fue a su habitación. Regresó trayendo un pequeño y delgado cilindro, posiblemente de cristal, con los dos extremos metálicos. Giró con los dedos las partes metálicas y el cilindro empezó a emitir una luz blanca, cuya intensidad aumentaba con el giro de los extremos. Dejó de seguir incrementando la intensidad cuando Eduardo llevó las manos a su cara.

"Milac", fue el nombre que dio al objeto. Lo apagó y lo dio a su maestro. Eduardo dudó en tomarlo creyendo que estaba muy caliente, pero ante la insistencia de Tor lo cogió y encontró que estaba frío.

—Luz fría —dijo, moviendo la cabeza afirmativamente. Intentó devolverlo a su propietario, pero éste lo rechazó y le indicó que se lo obsequiaba—. ¿Para mí? —preguntó sorprendido— Mil gracias —y guardó cuidadosa y orgullosamente su obsequio.

Continuó con la enseñanza del uso de la pregunta: "¿Qué es esto?", y la respuesta: "Esto es". Practicaron estas frases y Eduardo aprovechó para señalar el arma o aparato que pendía del cinturón del soldado, dudando que obtendría una respuesta, pero esto no sucedió, Tor afirmó:

—*Grolac.*

No hubo más comentarios, había llegado el momento de la lección de los números y Tor aprendió a contar y a manejar cifras grandes y pequeñas. Los progresos del militar eran sorprendentes. El hombre más que un cerebro, tenía una computadora. Pequeños errores cometía en el uso de los verbos, sobre todo los irregulares, pero ya podía expresar muchas ideas. Prosiguieron con la lectura de libros, que Eduardo escogía que fueran de fácil comprensión, e hizo que Tor leyera algunos párrafos y explicara lo que había entendido. Naturalmente, el maestro le aclaraba las dudas y le enseñaba el significado de las palabras desconocidas. Cuando Eduardo lo juzgó oportuno, le enseñó a consultar el diccionario y la enciclopedia.

CAPÍTULO 6
La medición del tiempo

En las lecciones de los 12 días siguientes se escogieron libros de geografía, biología, astronomía. En sus conversaciones, en las que cada vez se tenía un intercambio más amplio de opiniones, se presentó el momento de hablar sobre el tiempo y Eduardo le explicó el significado de hora, día, semana, mes, año y las fracciones de hora. Tor se quedó sorprendido y comentó:

—Nosotros no medimos el tiempo de esa manera; en nuestro planeta se escogió otro sistema de medición del tiempo sin tomar en cuenta el movimiento de los astros; además, cuando se viaja por el espacio no se distingue el día de la noche. Tenemos relojes, como ustedes, pero en ellos se ven cuatro clases de números, uno sirve para... —se quedó pensativo y preguntó:

—¿Cómo le llaman a una temporada larga, de muchos años, para que mi explicación sea más clara y no utilice su nombre en mi idioma?

—Puede ser *siglo, era* o *época* —contestó Eduardo.

—Me gusta más *siglo,* aunque nuestro siglo es completamente diferente al de ustedes —afirmó Tor y continuó diciendo—: Nuestros relojes, que son atómicos, marcan el número de siglos, otro número que es muy grande y que le llamaré *hora* y dos números más para las fracciones de hora. Una fecha, la de hoy, es: *siglo* 486, *hora* 9 637.

—¿Cuántas horas tiene tu siglo? —preguntó Eduardo.

—Diez mil.

Después de hacer algunos cálculos mentales, nuestro hombre se atrevió a decir:

—¿Me estás diciendo que ustedes comenzaron a medir el tiempo hace unos cuatro millones y medio de sus horas, aproximadamente?

—Noooo —dijo Tor—. Creo que debo explicar algo. Cada vez que se llega a un siglo 1 000, se organiza una gran fiesta y todos los relojes se ajustan nuevamente en el siglo cero.

Eduardo no podía dar crédito a lo que escuchaba, movía la cabeza constantemente, dejó transcurrir un par de minutos y dijo:

—Quiero hacerte otra pregunta: ¿Ustedes no tienen historia, no registran los hechos más sobresalientes para conservar un recuerdo de ellos a fin de conmemorarlos o bien para conocer sus orígenes o enmendar equivocaciones?

—La historia para nosotros tiene escaso valor —afirmó categóricamente Tor, y agregó—: los eventos que ocurrieron antes de nuestro siglo cero sólo se consideran como una curiosidad, si quieres, científica, pero sí llevamos un registro de lo más sobresaliente que ha ocurrido desde el principio del nuevo siglo cero, para corregir los errores que hemos cometido. Según recuerdo, uno de mis antepasados me explicó que en el tiempo de las guerras, cada quien las contaba de manera diferente, todos se adjudicaban victorias y los villanos eran aquellos que habían sido derrotados. Se llamaba héroe al criminal que más gente había matado. A nuestros antiguos gobernantes y personas notables sólo se les recuerda por el nombre. Nosotros siempre miramos hacia el futuro y nunca hacia el pasado. Por otra parte, muy poco nos interesa cuáles fueron nuestros orígenes, por tanto la antropología no es una ciencia atractiva para nadie.

—Dijiste en el tiempo de las guerras, entonces, ¿ya no tienen guerras?

—Desde hace muchos siglos, antes de que abandonáramos nuestro planeta, las guerras se evitaron. Para lograr esto, se destinaron grandes recursos a la educación de los niños, inculcándoles el ideal de la unidad y solidaridad en beneficio del planeta y el respeto por la vida. Hago la advertencia que sólo matamos en defensa propia o cuando se nos causa un daño grave.

—¿Significa esto que no tienen ni fabrican armas?

—Por supuesto que sí las tenemos y muy poderosas. Te explicaré las razones del porqué es necesario contar con ellas. En el espacio no somos los únicos navegantes, existen numerosas civilizaciones que han alcanzado altos niveles de conocimiento científico y desarrollo tecnológico. Algunas de esas civilizaciones son de gente buena, pero otras no. Tu planeta ha sido visitado desde hace mucho tiempo por naves de diferentes civilizaciones. Incluso, tenemos conocimiento de que una nave de los extraterrestres llamados *Antedres* se estrelló en tu planeta hace tiempo, sus tripulantes murieron y una fuerza de trabajo especial fue enviada para recoger todo vestigio y se guardó con hermetismo en un lugar, que recientemente aprendí que se llama Roswell y es una base militar del sur de los Estados Unidos de América. Nunca se dio a conocer tal hecho y es uno de los secretos que no se han revelado, con la intención de ocultar la existencia de seres y naves de otros mundos.

No cabía duda de que Eduardo estaba disfrutando de esa charla y deseaba saber más, pero había llegado la hora de la comida y Luisa fue a llamarlos, se pusieron de pie y el soldado dijo:

—Creo, Eduardo, que deseas hacerme más preguntas y estoy dispuesto a responderlas, ya llegará mi turno de hacer preguntas.

—Sí —contestó escuetamente Eduardoy añadió—: te agradezco infinitamente tu comprensión, estoy ansioso por conocer más sobre ustedes.

Durante la comida Eduardo guardó silencio, su mente estaba ocupada en pensar qué era lo más importante que podía preguntar al visitante, sentía que estaba ante una gran oportunidad de adquirir conocimientos completamente nuevos, no conocidos aún en nuestro planeta. Luisa, por su parte, estaba acostumbrada a los silencios de su marido, sabía que cuando él callaba de seguro se encontraba pensando en algún problema por resolver, o bien tenía alguna profunda preocupación; en estos casos esperaba paciente y silenciosamente a que Eduardo le dirigiera la palabra; sin embargo, debido a la presencia de su invitado pensaba que éste podría considerar el silencio de la pareja como un acto de descortesía, así que en contra de su costumbre tomó la iniciativa y dirigiéndose al visitante le preguntó:

—Quisieras explicarme, Tor, ¿por qué razón no pruebas nuestros alimentos? El interpelado dejó sobre la mesa el vaso de agua que sostenía en sus manos y respondió:

—Mi querida Luisa, no dudo que tú preparas con mucho esmero y con los mejores ingredientes los alimentos que consumen ustedes, pero debes saber que desde hace mucho tiempo navegamos por el espacio y nuestros alimentos, que por cierto son escasos, los preparamos en forma de polvo, de tabletas, de pastas y agua. Personalmente, no conozco otro tipo de alimentación y siento temor por consumir alguna sustancia que pudiera dañar mi organismo. Te agradezco sinceramente tu ofrecimiento y no dudes que puede llegar el momento en que me anime a probar poco a poco alguno de los platillos que preparas con tanta dedicación.

Luisa agradeció el cumplido y quedó satisfecha con la explicación. No agregó nada más, aunque sentía un vivo deseo por seguir preguntando, pero no se atrevió.

Eduardo agradeció a su esposa el ofrecimiento del postre y esperó con intranquilidad a que Tor le invitara a continuar la charla. El militar se puso de pie, agradeció a Luisa sus atenciones y dijo:

—Muy pronto tendré que irme, pero tengan la seguridad de que regresaré. Estoy muy satisfecho y agradecido por las atenciones que he recibido de ti y lo que me ha enseñado Eduardo. Mis superiores me asignaron la misión de aprender cuanto pudiera sobre los terráqueos; esa misión no está completa pero no regreso con el saco vacío y estarán satisfechos. Sé que me falta mucho por aprender y debo hacerlo, por esa razón, repito, regresaré para continuar con la misión. Ahora —y dirigiendo la mirada hacia Eduardo—, contestaré con gusto las preguntas que quieras hacerme.

Eduardo dejó entrever una sonrisa de satisfacción, se puso de pie e invitó al huésped a acompañarlo al estudio; olvidó ayudar a Luisa a levantar la mesa.

CAPÍTULO 7
Tor contesta preguntas

—Mi primera pregunta, amigo Tor, es ¿de dónde vienes?, es decir, ¿de qué planeta?

—Una pregunta muy difícil de responder —dijo el soldado, y añadió—; no tenemos un sistema solar como ustedes, nuestro sistema está compuesto por dos cuerpos celestes, uno girando en torno del otro, y es el que ha sido habitable y le damos el nombre de Blésdora. Nuestro mundo es muchos siglos más antiguo que tu planeta y se encuentra a una distancia de casi 45 años luz, para usar un término astronómico de ustedes. No creo que pudiera señalarte su posición en la galaxia. Hemos viajado durante largo tiempo, como debes suponer, no obstante que nos desplazamos a un tercio de la velocidad de la luz. De hecho, para mí, Blésdora es totalmente desconocido porque nací en la nave en que viajamos. Gracias a las imágenes que tenemos grabadas, sabemos mucho de nuestro mundo distante.

—Esto que me dices, me obliga a hacerte otra pregunta —dijo Eduardo, muy sorprendido de lo que estaba escuchando y que no lo esperaba—: ¿Por qué razón salieron de su mundo?

—La razón más importante es que desafortunadamente la atmósfera de nuestro planeta comenzó a perder su capacidad para detener los rayos provenientes de la estrella que

actúa como nuestro sol, los rayos ultravioleta. Muy altas temperaturas dejaron sentirse y, como consecuencia, la erosión de los suelos fue en aumento. La tierra comenzó a dejar de ser cultivable, sobrevinieron las hambrunas y con ello la desnutrición y las enfermedades. Ciudades antes florecientes fueron abandonadas. Las aguas se contaminaron. Quienes tuvieron la fortuna de trabajar en los centros de investigación pensaron en rescatar el mayor número posible de habitantes y construyeron naves de grandes dimensiones. Se organizó un grupo integrado por científicos y técnicos que, junto con su respectiva familia y protegidos por las fuerzas armadas, emprendiera un viaje con la misión de descubrir un planeta que tuviera características similares al nuestro. Yo pertenezco a la quinta generación de aquellos que salieron de Blésdora. Mis antepasados hicieron grandes esfuerzos para visitar los sistemas solares vecinos y nosotros continuamos la búsqueda, pero desgraciadamente en ninguno de los sistemas que hemos visitado existe algo adecuado para ocuparlo y así suspender el viaje y volver al rescate de los posibles sobrevivientes. Nuestros mayores no permiten que regresemos sin haber localizado un sitio habitable. Desde hace tiempo no recibimos señales de nuestro mundo. Ahora llegamos a tu planeta, que es verdaderamente maravilloso, y nuestro problema es cómo podemos hacer para ser admitidos.

Eduardo se sintió conmovido por la explicación del soldado. Comenzaba a sentir no sólo admiración por este hombre, sino también una clase de sincera amistad. Si en sus manos estuviera no dudaría un momento en darle cabida a esos extraterrestres, era la idea que circulaba por su mente, pero, ¿cuántos eran y en dónde los situaría? Durante la comida había pensado toda una lista de interrogantes, de carácter científico, cuya respuesta ansiaba conocer, pero arrastrado por la plática y explicaciones de Tor sus preguntas tomaron otro sesgo.

—¿Dónde están ahora y cuántos son los viajeros que vienen contigo? —preguntó Eduardo.

—Varias naves están en el planeta rojo, al que llaman Marte, otras más en Ganímedes, la mayor de las lunas de Júpiter, y sólo tres en la Luna. Debido a las exploraciones que ustedes han hecho en la Luna, hemos tenido el cuidado de proteger nuestras naves en la cara oculta y en cavernas —fue la respuesta del extraterrestre, pero eludió decir el número de viajeros y de naves.

—¿Tienes alguna otra pregunta?

—Sí —afirmó categóricamente Eduardo, y se apresuró a preguntar—: ¿Por qué desembarcaron su receptor... *shtolac* fue el nombre que me diste, precisamente en nuestro jardín; la operación fue deliberada o una coincidencia?

—Fue necesario enviar a la Tierra el *shtolac*, pero de ninguna manera convendría haber escogido alguna de las grandes ciudades, ya que pensamos que eso causaría alarma y yo podría ser víctima de algunos habitantes asustados por la llegada de un extraterrestre, así que preferimos un pequeño pueblo cercano a la capital y de preferencia el jardín de una casa, para iniciar el contacto con los terráqueos. Ya sabemos que este planeta, a diferencia del nuestro, está subdividido en países, unos son ricos y poderosos, otros pobres y explotados, y el más poderoso de los países es el que se encuentra al norte de ustedes. Entonces, nuestra decisión fue quedar lo más cerca posible de ese país, así que escogimos éste para hacer nuestro desembarco. No te imaginas la enorme satisfacción que nos ha causado haber llegado a tu casa, ya que eres hombre de ciencia.

—Pero, dime, ¿accioné yo la combinación correcta de teclas para transportarte hasta aquí?

—El plan ya estaba hecho —afirmó Tor—, nosotros detectamos que alguien accionaba el teclado de la máquina y apresuramos la transportación. ¿Alguna pregunta más? —le urgió Tor.

—¡Claro que tengo muchas! Por ejemplo, ¿pueden ustedes volar?

—Volar, propiamente no. Acaso me has visto un par de alas como si fuera un ave —al decir esto, Tor se sonrió y Eduardo se sintió complacido, era la primera vez que veía sonreír al militar.

"Lo que sucede —prosiguió el hombre— es que disponemos de un cinturón que nos impulsa. Vamos, quiero ser más claro. Seguramente observaste que pude transportar el *shtolac* desde tu jardín con suma facilidad y parecía que había perdido su peso. Pues bien, nuestros científicos descubrieron la forma de contrarrestar la atracción gravitatoria. Tú sabes bien que el peso de los objetos no es otra cosa más que la atracción que ejerce un planeta sobre ellos. Mediante el *grolac* —y descolgó del cinturón el aparato— dejamos de tener peso y basta un simple impulso de pequeños cohetes que vienen en nuestro cinturón para que podamos desplazarnos por el espacio —Eduardo quedó asombrado y maravillado a la vez. Inmediatamente cruzó por su mente la facilidad de transportar en la Tierra cargas muy pesadas sin gasto de combustible y con un mínimo de personal. Asimismo, imaginó a las personas trasladándose por sus propios medios a través del aire".

—¿Cómo es tu sistema de gobierno, amigo Tor? Porque me imagino que alguien planea y dirige las acciones de los viajeros.

—Mis mayores me han explicado que en Blésdora se probaron diversos sistemas de gobierno. Hubo monarcas, algunos buenos pero muchos otros tiranos que ejercieron su poder con injusticia y cometieron abusos de todo género. Más adelante, mediante un acuerdo nacional, se abolió la monarquía y se instituyó un sistema que ustedes conocen como democrático. Los habitantes crearon partidos. Se eligieron candidatos y se votó por ellos. Desafortunadamente los gobernantes electos, en su gran mayoría, cometieron

actos de corrupción para llegar a ocupar puestos de mayor importancia. Se ha afirmado que los políticos ajustaban sus acciones siguiendo este modelo: primero, su beneficio personal; segundo, el beneficio de sus familiares; tercero, el beneficio de sus amigos; cuarto, el beneficio de su partido, y quinto, el beneficio de su nación. Se enriquecieron sin límite. Robaron el dinero del pueblo, hundiendo en la miseria a mucha gente. La tragedia que posiblemente continúa viviendo nuestro mundo ha obligado a hacer cambios para la gente que viaja en las naves: ahora, el gobierno reside en un consejo de ancianos que se eligen por sus conocimientos, inteligencia, sinceridad y buena voluntad. Gracias a que ya no utilizamos dinero desapareció la corrupción. Este consejo tiene bajo su responsabilidad emitir leyes y reglas adecuadas para que nuestro viaje sea tranquilo. Por otro lado, ellos designan un comandante de las fuerzas armadas que tiene por misión velar por la seguridad de todos. Perdóname, es posible que tengas muchas preguntas más, pero ha llegado la hora en que tengo que marcharme, una de nuestras naves llegó para llevarme a la base lunar.

—¿Dónde está? —preguntó Eduardo precipitadamente e interrumpiendo la explicación del militar.

—Ahora que salgamos al jardín te indicaré su posición y podrás observar un punto brillante. Como te decía, mi promesa firme es que regresaré y volveremos a reunirnos para continuar este intercambio de conocimientos. Dejo en tu casa todo lo que traje, pues confío en que no harán mal uso de mis aparatos —después de decir esto, el militar pidió a Eduardo que lo acompañara a despedirse de Luisa. Al llegar con ella, se colocó el casco, hizo algún esfuerzo pero no supo cómo despedirse, no encontró palabras adecuadas y sus ojos revelaban una gran emoción. Levantó el brazo y señaló hacia un punto brillante que apenas podía distinguirse en el cielo.

"¡Allí está mi nave!"

Los ojos del matrimonio distinguieron un pequeñísimo punto brillante, que podría confundirse con una estrella. Cuando volvieron la vista hacia Tor, éste los miró por unos instantes. Con su brazo derecho hizo un saludo militar, desprendió el *grolac* de su cinturón, apuntó hacia el cielo, oprimió uno de los botones de su hebilla y como un relámpago se elevó en dirección del punto luminoso. Los Morlet se tomaron de las manos maravillados por el espectáculo que presenciaban. Los ojos brillantes de Luisa revelaban la nostalgia que sentía por la despedida de alguien que ya consideraban un amigo. Unos segundos después, Tor había desaparecido en el espacio.

CAPÍTULO 8
Noticia que causa alarma

En la vieja casa de los Morlet reinaba el vacío dejado por el extraño militar desde su partida. Ya no estaba el extraterrestre con su impecable uniforme y sus botones relucientes esperando la llegada de su maestro. Eduardo procuraba pasar de cuando en cuando por el cuarto que ocupó el soldado espacial, ansioso de encontrarse otra vez con el visitante. Eran las cuatro de la tarde de un día de julio y espesas nubes grises cargadas de agua amenazaban con vaciar su contenido. Un viento frío, señal inequívoca de que se avecinaba una tormenta, obligó a Luisa a buscar un chal que colocó sobre sus hombros.

—Cierra las ventanas, porque muy pronto lloverá —dijo a su marido.

De pronto, se escucharon en el zaguán varios golpes fuertes dados en el aldabón, pareciera que alguien tenía gran prisa para que le abrieran o bien por el temor de la llegada de la lluvia. Luisa suspendió su labor. La llamada le extrañó porque pocas visitas llegaban a su casa, pero de inmediato se dirigió a abrir la puerta.

—Hola coronel. ¡Qué milagro! —dijo al recién llegado.

—¿Milagro?... Sólo los santos, Luisita —se quitó el sombrero y dio un beso en la mejilla a Luisa.

—Pasa, por favor, ya sabes que estás en tu casa. ¿Buscas a Eduardo?

—En efecto, ¿por dónde lo encuentro?

—Está en su estudio, ya sabes que la mayor parte del tiempo la pasa revisando sus papeles —Agustín Reyes entró a la casa, justo en el momento en que comenzaban a caer las primeras gotas de lluvia. Cruzó el jardín, acompañado de Luisa, y llegó hasta el estudio donde encontró a Eduardo sentado frente a su computadora.

—Tú, como siempre, computa... y computa —dijo maliciosamente Agustín, y agregó—: ¿Pero es que no te cansa eso? —inquirió con voz ronca, dirigiéndose a Eduardo.

—Esto no cansa, es verdaderamente la gran distracción, pero tú no has querido aprender y ya comienzas a pertenecer a los analfabetas cibernéticos. En qué puedo servirte, Agustín, dime.

—Sólo vine a darte una tremenda noticia que espero no hayas escuchado, para que yo me sienta satisfecho de ser el primero en dártela, y vine porque desde hace varios días no los hemos visto por el café de Conchita. En el noticiero de las tres de la tarde, hace no más de media hora, informaron que tres enormes platillos voladores permanecieron por más de una hora sobre la capital. Esta vez descendieron a unos cuatro o cinco mil metros de altura y se pudo calcular que su tamaño es de unos 200 metros de diámetro. Las fotografías muestran todos los detalles de las naves, incluso los extraños caracteres que están impresos en su parte inferior. Se produjo pánico en las calles. Muchas personas se hincaron a orar en plena acera y otras huyeron asustadas a esconderse. Las autoridades no aciertan cómo manejar la noticia a fin de calmar los temores de la población y las televisoras dejaron ya de informar sobre esas naves, seguramente para evitar que el pánico se apodere de la gente. Esta vez, profesor, ya no podrán negar la existencia de los llamados OVNI, ni decir que se trataba de globos o fenómenos atmosféricos. Podría apostarte que pronto descenderán extraterrestres a la Tierra y quiera Dios que podamos defendernos de un ataque. ¿Qué opinas, porque veo que no te ha causado ninguna sorpresa? ¿Ya conocías la noticia?

—Tú sabes bien que difícilmente dejo de ver ese noticiero y da la casualidad que hoy no lo vi por ayudar a Luisa. Te agradezco que me hayas platicado la noticia, quizá por la noche la repitan —por la mente de Eduardo cruzó un torrente de pensamientos relacionados todos con el extraño visitante que había estado en su casa. Con seguridad se trataba de las tres naves que tenían por base la Luna, como le había contado Tor. ¡Aquí estaba él y su gente, no cabía la menor duda! ¿Qué sucederá ahora? ¿Qué conviene hacer?

—Creo que lo mejor es tener calma —aconsejó a Agustín—. Seguramente no intentarán atacarnos. No sabemos si esas naves vienen tripuladas o no. Si los tripulantes hacen un viaje desde un lugar remoto, ¿crees que vienen con el único propósito de causar daño a otros seres desconocidos que no los amenazan? Personalmente, creo que sería absurdo, aunque, claro, ignoramos cómo piensan ellos y cuáles sean sus intenciones.

La lluvia había arreciado. Grandes charcos comenzaban a formarse en el jardín.

—Esto es una verdadera tormenta de julio —afirmó Eduardo, y añadió—, pero bien lo necesitan nuestras tierras sedientas —dijo esto para desviar la plática de su amigo. Sentía temor de que sus palabras fueran a revelar que él tenía conocimiento de los sucesos que estaban ocurriendo.

—Este día lluvioso y algo frío invita a tomar un café, ¿quieres que te prepare uno o deseas tomar otra cosa?

—Me parece que un café estará bien —respondió Agustín, y al mismo tiempo insistió sobre el tema con otra pregunta—: Si efectivamente han llegado extraterrestres, ¿qué medidas de seguridad recomendarías?

—Ninguna, amigo Agustín... ¡Ninguna! Puedo afirmarte, de manera contundente, que la noticia que me has dado ya es del dominio de las principales potencias del mundo. Con toda certeza en breve se reunirá el Consejo de Seguridad de la Organización de las Naciones Unidas para discutir el problema a que puede enfrentarse el mundo. Lo mejor será dejar de preocuparnos, convertirnos en simples espectadores de los próximos sucesos y estar muy atentos a las noticias que den a conocer los medios, ¿no te parece?

—Pues sí, creo que tienes razón. Estaremos pendientes para ver qué es lo que sigue —declaró con desgano Agustín, aunque en su interior le hubiera agradado discutir con su amigo algunos planes de defensa del pueblo y mostrar con orgullo sus conocimientos de estrategia militar.

Eduardo se puso en pie para dirigirse en busca del café y en ese preciso instante el timbre del teléfono sonó; Eduardo tomó el auricular y Agustín escuchó de su amigo estas frases:

—Bueno. Sí, soy yo. Muy bien y ¿tú, hijo? Me alegra. ¿Sabes algo de tus hermanos? Qué bueno, hijo. Me da gusto que ya estés en la capital. Bienvenido. Ya tendré oportunidad de felicitarte por ese grado académico que obtuviste. ¡Muy bien ganado! Precisamente en estos momentos comentábamos sobre esa noticia. ¿Este fin de semana? Por supuesto que nos dará mucho gusto recibirte, ya tenía largo rato que no nos habíamos visto. ¿Vienes en tu coche o por autobús? ¿Qué día y a qué hora llegarás? Muy bien, te esperamos. ¿Deseas hablar con tu madre? Se lo daré, hijo, y ella también te envía uno. Cuídate mucho. Adiós.

Colgó el auricular y dirigiéndose a su amigo, le dijo:

—Es Javier. Viene este fin de semana.

—¿El ingeniero? —preguntó Agustín.

—Ahora ya es doctor en ciencias, acaban de otorgarle el grado en una universidad de Estados Unidos.

—¡Ah caramba, ahora tendré que hablarle de usted! —dijo Agustín con tono burlón.

Eduardo salió a preparar el café. El coronel encendió un cigarrillo y se acomodó en el sillón a esperar a su amigo.

La plática entre los amigos versó sobre otras cosas y Eduardo disfrutó de la visita por el carácter simpático e irónico de Agustín. La lluvia cesó, en San Blas no son abundantes ni de larga duración. Llegada la noche, Agustín se dispuso a despedirse y Eduardo le preguntó:

—¿Trajiste automóvil o quieres que te lleve a tu casa?

—No te molestes, sí traje carro, porque adiviné que la lluvia me pillaría.

El matrimonio Morlet salió a la puerta a despedir al amigo y enviar saludos a Martha, su esposa.

CAPÍTULO 9
Una visita esperada

Luisa abrió los brazos para recibir a su hijo Javier al descender del autobús; ya había transcurrido más de un año que no lo veían, debido a sus estudios en el extranjero. Su emoción se tradujo en dos gruesas lágrimas que se deslizaron por sus mejillas. Javier, el cuarto hijo de la familia, el menor, un joven apuesto de 31 años, varonil y atlético, besó a su madre en las mejillas y en el pelo gris; después, se dirigió a su padre y le dijo:

—¡Jefe! —era su costumbre, y lo abrazó fuertemente. Eduardo, muy emocionado, sólo contestó:

—Hola, hijo, ¿cómo estuvo el movimiento por la carretera?

—Bien, todo tranquilo. Al salir de la capital llovía a cántaros pero aquí, ni gota. Se me olvida que éste es el pueblo de "nunca lloverá".

Subieron al automóvil de Eduardo y en el trayecto Javier preguntó:

—¿Qué les pareció la noticia sobre las tres naves extraterrestres vistas en la capital? Estuve observándolas por más de media hora y en realidad son sorprendentes, han causado una enorme conmoción. No existe lugar en donde no se comente sobre el suceso. La gente siente temor. Cuando me preguntan sobre esto no sé qué cosa responder —por unos

minutos, Eduardo no quiso decir ni una palabra, al fin tomó una decisión y dirigiéndose a Javier respondió:

—Te sorprenderá, hijo, saber que tu madre y yo ya tuvimos contacto con uno de los tripulantes de esa nave, el extraterrestre se llama Tor Bulkan.

—¿Es una broma?

—No, hijo, lo que te dice tu papá es verdad.

Javier no dudó de la afirmación de su madre, se quedó pensando, frotó su pelo con una mano y su curiosidad le hizo decir:

—A ver... a ver, ¿cómo está eso? Creo que tienen que darme todos los detalles.

—Al llegar a casa te daremos todos los detalles y te mostraremos pruebas —dijo con seriedad Eduardo—. Pero es menester que seamos sumamente discretos. ¿Te imaginas qué sucedería si se supiera que ellos estuvieron en San Blas y precisamente en nuestra casa? Un mundo de periodistas nacionales y extranjeros inundaría San Blas y no sabríamos qué hacer.

Javier reconoció que su padre tenía toda la razón y para tranquilizarlo dijo:

—No se preocupen que de mis labios no saldrá ni una palabra, soy una tumba.

Llegaron a la casa, Luisa tenía preparada la comida y les indicó que ya era hora de comer.

—Tendrás que platicarnos qué tema de investigación te llevó a tu tesis doctoral —solicitó Eduardo con el afán de conceder a su hijo la mayor importancia al resultado de sus estudios, y añadió: —No hemos tenido tiempo de felicitarte por ese grado académico que has alcanzado y para nosotros es muy importante. Además, deseamos saber cuáles son tus planes de trabajo. ¿Qué ha sucedido con Edith, tu compañerita? En fin, deseamos saberlo todo.

Javier se sirvió un vaso de agua y agradeció a sus padres el interés por sus actividades. Después de recordar a la mujer inglesa, con quien había vivido por algún tiempo, dijo:

—Comienzo contestando la última de tus preguntas, que es la más sencilla y más corta. Como ustedes saben, Edith y yo vivimos juntos un año y tres meses, pero ya nos separamos. Aunque le propuse matrimonio, ella no quiso casarse y decidió regresar a su país. Así de simple. Sus padres me vieron siempre con buenos ojos, llegaron a apreciarme y confiaban en que llegaríamos a ser una buena pareja. En un principio nos quisimos, había comprensión, pero a últimas fechas se presentaron serias diferencias de opinión en cuanto al lugar en que deberíamos trabajar y si tendríamos hijos. Ambos acabamos por creer que el mejor camino era la separación. Ella terminó también sus estudios con éxito y parece que encontró espacio en un importante centro de investigación. Así concluyo esta historia corta y por el momento no hay interés en nadie.

"Ahora, respecto del tema de mi tesis, les diré que fue el resultado del desarrollo de un experimento sobre Nanotecnología".

—Algo he leído sobre esta nueva ciencia, —lo interrumpió Eduardo—. Perdona, nos gustaría que nos explicaras, en palabras simples, de qué se trata.

Javier se acomodó en el sillón, una sonrisa de satisfacción y orgullo se dibujó en sus labios y se preparó a hacer gala de sus conocimientos, sobre todo porque siempre había aprendido de su padre y hoy se presentaba la oportunidad de enseñarle algo de lo mucho que había aprendido.

Comenzó diciendo:

—En la actualidad, se están desarrollando dos nuevos campos de estudio e investigación: la nanociencia y la nanotecnología, que a gran prisa están adquiriendo una enorme importancia en todos los países. Anteriormente se estuvo trabajando en el reino del micrón —la millonésima parte del metro— y se desarrolló la microtecnología. Ahora, la nueva frontera es el trabajo con la milésima parte del micrón que ha dado en llamarse *nano*. El término *nano* es un adjetivo antiguo que se usó para significar enano, proviene del latín *nanus*, y se ha tomado hoy como el nombre para un *mil millonésimo*. Entonces, un *nanómetro* es un mil millonésimo de metro, o sea, mil millones de veces más pequeño que un metro, aunque en Estados Unidos le llaman billonésimo. Para que se den idea de la pequeñez de un *nanómetro* les diré que un pelo humano tiene un diámetro de mil nanómetros y en términos científicos viene siendo la anchura de tres o cuatro átomos. La nanociencia es el campo teórico mientras que la nanotecnología se refiere a la capacidad de manipular átomos y moléculas en forma individual. Si pudiéramos reordenar los átomos de un pedazo de carbón mineral, produciríamos un diamante. La nanotecnología es fabricación molecular o, más simplemente, la construcción de cosas mediante el reordenamiento de los átomos. ¿Es posible mover átomos uno por uno? Claro que sí, las proteínas son máquinas moleculares que rutinariamente manipulan átomos. Ahora, ¿cómo podemos mover átomos? La respuesta es mediante nanomáquinas o nanobrazos o nanorrobots, en una palabra, nanomanipuladores de átomos. En Japón, por ejemplo, se ha logrado construir un nanomotor, que es un motor de tamaño menor de dos milímetros y ya comienzan a fabricarse nanorrobots —llamados también nanots—. La ciencia y la tecnología, a la escala de un nanómetro, podrían cambiarlo todo desde los medicamentos hasta los automóviles y computadoras y crearse materiales y metales aún no imaginados. Por lo que respecta a mi tesis, les diré que siendo mi carrera original la ingeniería en electrónica, mi interés lo enfoqué sobre la nanotecnología e hice un trabajo sobre un nanobrazo que funciona y puede mover átomos en forma individual.

—Creo que tu explicación, hijo, salvo lo que diga mamá, ha sido muy clara. Te felicito. Ahora, dejemos de hablar sobre los avances científicos y tecnológicos.

—Por lo que respecta a mis planes de trabajo, que es otra de sus preguntas —prosiguió Javier—, les diré que tengo un par de propuestas para ir a universidades de los Estados Unidos; sin embargo, tengo algunas dudas y espero tomar una decisión antes del mes de septiembre. ¿Tienen alguna otra pregunta? Me parece que contesté tus tres preguntas, papá.

Luisa, sin ocultar su timidez, se dirigió a su hijo para decirle que se sentían muy orgullosos de él, de todo lo que había dicho, aunque poco había entendido, pero debía saber que lo querían mucho y que siempre contaría con el apoyo de sus padres.

—¿Cuántos días piensas estar con nosotros? Porque tendremos que alojarte en la habitación que siempre está preparada para los niños, ya que en el cuarto de visitas se guardan las cosas de Tor.

—Resolví no marcharme rápidamente y, claro, si ustedes me invitan, permaneceré toda una semana en su casa, quiero disfrutar de esta tranquilidad que ofrece el pueblo y aprovechar mi estancia para buscar a mis amigos.

—Por supuesto, hijo, nos dará mucho gusto tenerte en casa. Ahora, déjenme que arregle las cosas y mientras tú y tu padre vayan a platicar al estudio.

Padre e hijo se dirigieron al estudio y tomaron asiento.

—Me parece que tienes deseos de saber algo del visitante extraterrestre que estuvo en casa.

—No me aguantaba las ganas por hacerles preguntas sobre esta visita que casi considero como una broma o algo fantasioso.

Eduardo contó a Javier con lujo de detalles la visita que Tor había realizado en el mes de abril. Le mostró el *milac* que recibió como obsequio y Javier lo examinó detenidamente y encendió varias veces. Colocó el aparato en diferentes lugares del estudio y a diferentes alturas. Después de varias pruebas, reconoció que por el momento no tenía explicación de su funcionamiento.

Eduardo lo llevó a la cocina a mostrarle el *tufilac* —el espejo de plasma que Luisa recibió como obsequio de Tor— y otra vez Javier examinó el aparato y su perplejidad iba en aumento. Terminó diciendo que no cabía la menor duda de que: "...los conocimientos tecnológicos que poseen estos extraterrestres están fuera de nuestro alcance". Además, si de pronto se dispusiera en nuestro planeta de todos estos adelantos, se produciría una revolución de consecuencias catastróficas. El transporte a largas distancias de cargas muy pesadas, por un solo hombre, tendría que desplazar a muchos trabajadores y habría que suprimir muchos medios, aviones, barcos, ferrocarriles. La energía con la que se alimenta el *milac,* por ejemplo, es una señal de que ellos ya conocen y quizá aplican la energía atómica. En este caso, qué sucedería con las plantas hidroeléctricas y la producción mundial del petróleo, sólo por mencionar algo.

Eduardo explicó a su hijo el uso del *shtolac* y la teletransportación, habiéndole mostrado la famosa "caja blanca", guardada en el cuarto de visitas, y con la recomendación de no tocar el teclado, ya que las pulsaciones eran percibidas por los extraterrestres.

—¿Tú crees que esos visitantes volverán otra vez a la casa?

—Al despedirse de nosotros, Tor Bulkan prometió regresar. Te aseguro que esas tres naves que han causado revuelo en la capital forman parte de la expedición y en una de ellas puede venir Tor. Yo me estoy preguntando cuál es su intención de hacerse notar claramente.

—Oye, jefe, ¿estás absolutamente seguro de que estos visitantes no representan peligro alguno?

—Sinceramente, no lo sé. Durante la estancia del militar en esta casa, llegamos, tu madre y yo, a sentir confianza y sinceridad por parte de Tor, incluso llegamos a sentir cierta amistad por él. Sus reacciones en ningún momento las sentimos amenazadoras. Sin embargo, repito, no lo sé, pero no hay otra cosa más que esperar.

Javier dejó a sus padres y se dirigió al centro en busca de algunos conocidos. Cuando era pequeño, sus padres decidieron que viviera con sus abuelos en San Blas, con objeto de corregir un problema respiratorio y aprovechó su estancia para hacer los estudios de los niveles primario y secundario, así que conocía a muchos de los residentes del lugar. En el café de Conchita encontró a los amigos de su padre, a quienes saludó cortésmente.

—Me da gusto saludarlo, coronel.

—¿Cómo estás muchacho, o debo decirte señor doctor?

—Nada de eso, coronel, sigo siendo Javier; licenciado Olea, hacía tiempo que no le saludaba y lo veo muy bien.

—Hola, Javier. Hace unos momentos platicábamos precisamente de ti y sé que has progresado mucho, que recientemente te otorgaron un diploma de grado. Te felicito.

—Gracias, licenciado.

—Don Roberto, ¿cómo está su esposa?

—Muy bien hijo, gracias —respondió el hombre de pelo blanco, bien vestido, de mirada dulce, también amigo de Eduardo. Un ligero temblor se notaba en su mano derecha apoyada en la mesa.

—Señores, sigan disfrutando de su reunión, yo me retiro —salió de la cafetería y se dirigió al negocio de automóviles de su amigo Edmundo. Sólo encontró a su padre y al preguntarle por él recibió la noticia de que andaba de luna de miel, se había casado con Rocío. El joven se sonrió, al recordar que ellos dos compitieron por ganar el corazón de esa chica y había perdido la batalla en buena lid. Se dirigió al club de ajedrez con la esperanza de hallar a algún conocido. Recorrió el salón, observó un rato el desarrollo de una partida. Se desesperó de no encontrar a ningún conocido y volvió a la casa a charlar con sus padres.

—El tiempo pasa, el pueblo progresa, las gentes cambian y creo que para mí ya no hay nada de interés en San Blas —fue su comentario.

—¿Recuerdas a alguna de las jovencitas que te gustaban? —le preguntaron.

—La única que me gustaba era Rocío, la hija de don Jesús Martínez, pero acabo de recibir la noticia de que se casó precisamente con mi amigo Edmundo; ¡me la ganó!

Después de merendar, pidió a su padre encender su computadora. Llegadas las 10 de la noche apagó la máquina y se dirigió a la habitación que cuidadosamente le había preparado su madre. Se acostó y unos minutos después dormía profundamente.

CAPÍTULO 10
El regreso de Tor

Eduardo despertó, miró el reloj luminoso de la habitación envuelta en una semioscuridad y marcaba las 2:40 de la mañana —su sueño había sido interrumpido por un zumbido extraño arriba de su casa—. Se calzó las chanclas y se asomó hacia el jardín. Unos segundos después se encendió una luz blanca muy intensa que provenía del espacio. "No hay duda, ése debe ser Tor", pensó. Esperó unos minutos, tenso e indeciso, con la vista clavada en el jardín y alcanzó a ver la silueta de alguien que descendía del espacio por una columna luminosa. "Creo que sí es Tor, saldré a saludarlo". La columna de luz se apagó, volvió a escucharse el zumbido y poco a poco fue atenuándose hasta dejar de oírse; la nave se había alejado. El visitante encendió un *milac* que colgó de su cinturón, la luz iluminó su rostro y Eduardo no dudó más, reconociendo de inmediato a Tor. Eduardo abrió la puerta y fue al encuentro de aquel visitante a quien ya consideraba su amigo. Antes de llegar cerca de él observó que una caja larga metálica de unos dos metros de longitud estaba junto al extraterrestre.

—¡Tor!

—¡Eduardo!

Fueron las primeras palabras que cruzaron. Eduardo esperó el abrazo o el apretón de manos, pero Tor, siguiendo su costumbre, levantó el brazo derecho y saludó militarmente.

—Luisa, ¿duerme?

—¡Sí!

—Procuraré no hacer ningún ruido para no perturbar su sueño —aseguró el soldado—, y añadió: Por la mañana charlaremos, tengo que pedirte algunos favores que, seguro estoy, no causarán grandes molestias, ojalá sea posible que me los concedas.

—Hablaremos sobre ello, no te preocupes. Ahora a descansar.

Tor, ayudado por el *grolac*, levantó con facilidad la caja metálica y se dirigió a la habitación de visitas, que ya consideraba suya. Unos segundos después se oyó el crujir de los viejos tablones del piso del cuarto de huéspedes y Eduardo regresó a su recámara.

—¿Dónde estabas? —preguntó Luisa al ver llegar a su marido— Desperté hace un buen rato y estaba a punto de levantarme para ir a buscarte.

—Regresó Tor y he salido a recibirlo. Ahora —recomendó a su esposa— duerme... duerme. Nada sucede —dijo Eduardo dulcemente.

Transcurrían los minutos y Eduardo no lograba conciliar el sueño. "¿Qué favores irá a pedirme? ¿Qué trae en esa caja? ¿Un arma? ¿Habrán escuchado 'el zumbido' de la nave nuestros vecinos?" Eran algunas preguntas que por lo pronto no tenían respuesta. "Seguramente, pensó, el zumbido no fue percibido por nadie, debido a que en este pueblo estamos acostumbrados a escuchar muchos ruidos: el viento, los insectos, el ladrido de los perros, etc. Y vivimos con gran tranquilidad". Pero, desde que su hijo Javier le había preguntado si él estaba convencido de que los extraterrestres no representaban ningún peligro, la duda comenzó a invadir a Eduardo. Parte de su confianza se había perdido. Se contentó pensando que si algo sucediera, en sus manos nada existía que pudiera remediarlo. "¿Qué podría hacer para impedir las acciones de ellos o suprimir alguna amenaza que pudiera cernirse sobre el mundo? Sinceramente, nada". Miró el reloj y faltaban 10 minutos para las cuatro de la mañana. Volvió a cerrar los ojos, pasaron unos minutos más y se quedó dormido.

El primero en abrir los ojos y levantarse fue Javier. Salió al jardín, abrió los brazos y aspiró profundamente ese aire purísimo de San Blas, en una mañana tibia. Miró hacia todos lados esperando ver a su padre; al no encontrarlo, se dirigió al estudio con la idea de buscar algún buen libro. Justo en el momento de pasar frente al cuarto de visitas, la puerta se abrió y Javier se sobresaltó al ver aparecer la figura de un militar. Al verlo, el militar cruzó su pecho con el brazo y dijo su nombre, en señal de presentación. El muchacho contestó también con firmeza:

—Javier Morlet.

Javier miró directamente a los ojos del extraño y recorrió después con la vista todo el uniforme. Se convenció de lo que había dicho su padre: "Ellos tienen una cabeza ligeramente más grande comparada con la de cualquiera de nosotros". Puso especial atención en el cinturón. Tor, por su parte, permaneció inmóvil esperando pacientemente la inspección del nuevo conocido y cuando consideró que había concluido le dijo:

—Soy de otro planeta.

—Sí, lo sé, me lo ha dicho mi padre.

—Ven, voy a mostrarte algo que quizá sea de tu interés —dijo el extraterrestre, al mismo tiempo que le indicaba que entrara a la habitación.

Javier, alentado por la curiosidad que sentía, no dudó un momento de la invitación y con paso decidido penetró en esa habitación que ya conocía. Descubrió que había una caja larga y supuso que le mostraría su contenido, pero no fue así. Tor se acercó al *shtolac* y abrió la tapa. Los puntos luminosos de colores comenzaron a brillar y el joven no perdía detalle. El militar pulsó una combinación de teclas y en la pantalla empezó a proyectarse una especie de video.

—Hace mucho tiempo, ésta era una de las grandes ciudades de Blésdora, mi planeta.

Javier, convertido en espectador de un documental, observaba admirado el movimiento de la gente desplazándose por el espacio; ningún vehículo recorría las calles que separaban edificios muy altos de grandes ventanales. Algunos pequeños vehículos volaban transportando pasajeros. Le sorprendió ver que la luz que iluminaba la gran ciudad no era precisamente como la luz del sol, más bien parecía como la de una luna llena, pero con un brillo de mayor intensidad.

—¿Cuál era la población de tu planeta en ese entonces? —preguntó.

—Unos 400 millones —repuso el interpelado y agregó—: —Por supuesto, comparada con la de la Tierra era muy pequeña. Ahora ni siquiera sabemos si aún hay vida —lo dijo, y sus ojos mostraron algo de tristeza—. En Blésdora vivían algo más de un millón de personas y el idioma de todos los habitantes de mi mundo es el blésdor, no se habla otro. Es interesante que sepas que no existían fronteras ni banderas, y todo el planeta era gobernado por una autoridad y un consejo —en el tiempo en que fueron tomadas estas imágenes ya no existían guerras entre los pueblos. El militar deseaba continuar dando explicaciones a Javier cuando. Eduardo entró al cuarto.

—Ah, ¿ya se conocen?

—Sí, nos hemos presentado —dijo Tor.

—Me alegro. Javier es el menor de mis hijos. Seguramente lo que charlan debe ser muy importante, pero Luisa pide que pasemos al comedor, así que les suplico que vayamos.

—Con todo gusto —aceptó el huésped y añadió—: Si no hay inconveniente alguno, después de desayunar deseo sostener una plática con los tres para solicitarles un favor.

Javier se sintió satisfecho de ser tomado en cuenta, y dijo que él sentía un interés especial y gustosamente aceptaba. Los tres se prepararon y minutos después se encontraban sentados a la mesa. Según la costumbre, Tor pidió un vaso de agua; sin embargo, esta vez se dirigió a Luisa y solicitó que le permitieran probar ese líquido oscuro que le llaman café, simplemente para satisfacer una curiosidad. De inmediato le sirvieron una taza con la recomendación de que lo probara sin azúcar y en caso de no ser de su agrado, podría endulzarlo. Así lo hizo el soldado y después de unos sorbos dijo que su sabor le parecía agradable, y que si no le causaba algún daño se declararía adicto al café. Los miembros de la familia Morlet festejaron las palabras de su huésped. Al terminar el desayuno, Luisa preguntó a Tor en qué lugar le gustaría que se efectuara la reunión a fin de escuchar su petición. Todos convinieron que se reunieran en el estudio, de modo que se marcharon a ese lugar. Cierto nerviosismo y curiosidad había producido en los Morlet esa reunión que iba a celebrarse. En sus cabezas rondaban las preguntas: "¿Habrá llegado el momento de conocer los planes que tienen los extraterrestres respecto del planeta? ¿Qué cosa nos pedirá? ¿Sería peligroso negarle algún favor?"

Tor se acomodó en el sillón que le ofrecieron, por varios segundos estuvo pensando, quizá para ordenar el hilo de sus ideas; pasó la mano por su barba y comenzó diciendo:

—Como te he platicado, Eduardo, quienes hemos llegado a su mundo tenemos una misión: encontrar un lugar que ofrezca las mejores condiciones de vida y que la gente que nos acompaña deje de viajar por el espacio; además, si es posible, que regresen algunos a Blésdora a rescatar a los posibles supervivientes. Estamos convencidos ahora de que al fin hemos encontrado ese lugar anhelado. Tienen un hermoso planeta. Sin embargo, nos enfrentamos ante un problema grave, ¿podremos ser admitidos en su mundo? ¿Qué es lo que debemos hacer? Después de un análisis, hecho por el Consejo de Ancianos, me han sido encomendadas varias misiones; la primera se ha cumplido, gracias a Eduardo: aprender uno de los idiomas terráqueos para estar en condiciones de comunicarnos verbalmente. Eduardo, no olvidaremos nunca el apoyo y esfuerzo que realizaste para enseñarme tu idioma, ya encontraremos la ocasión propicia para patentizarte nuestro reconocimiento. La siguiente misión consiste en lograr la comunicación con el organismo más adecuado para sostener pláticas de buena voluntad y entendimiento. A propósito, cabe preguntar, ¿cuál debe ser ese organismo?

—Seguramente la ONU, —respondió Eduardo.

—Muy bien, pero ¿qué necesitamos para llegar a sostener una entrevista con ese organismo? En primer lugar, creemos que es imprescindible hacer saber a los habitantes de su planeta que nuestra visita no representa peligro alguno, y pensamos hacerlo de la siguiente manera: he traído una caja cuyo contenido es un equipo que permite transmitir imágenes y audio en cualquier frecuencia —al hacer esta afirmación, las cejas de Javier se arquearon en señal de sorpresa, pero no quiso intervenir para no interrumpir las palabras de Tor. Sin embargo, para el militar no pasó inadvertida la intranquilidad del muchacho y recalcó—: Sí, así como suena, en cualquier frecuencia. Ahora, es necesario instalar la antena y creemos que un sitio adecuado podría ser en una parte de la huerta que tienen detrás de la casa. No ocupa mucho espacio, bastan unos tres metros cuadrados y tiene una altura de siete metros. Si ustedes nos permiten hacer la instalación, yo pediría como segundo favor que me dejen traer a tres compañeros más que me facilitarán la tarea. Éstos son los dos favores que solicito y, por favor, si tienen alguna pregunta con gusto responderé, hasta que no quede duda de nuestras intenciones y se sientan tranquilos —Tor cruzó una pierna sobre la otra, unió sus manos y quedó en espera de la palabra de alguno de los miembros de la familia. Se produjo un silencio. Javier esperó la intervención de su padre pero, como él no hacía ningún comentario, se atrevió a decir:

—Tor, has dicho que el equipo de transmisión que has traído es capaz de enviar señales, ¿en cualquier frecuencia?

—Así lo he dicho —contestó el militar.

—Esto significa que si la potencia con la cual transmiten es alta, ¿podrían bloquear la transmisión de una estación de radio?

—Efectivamente, o de cualquier canal de televisión— repuso con énfasis Tor.

—¡Vaya equipo poderoso que has traído! —comentó Javier— Y ¡sólo ocupa un área de tres metros cuadrados y cabe en esa caja metálica! Esto me parece un cuento de ciencia ficción. Seguramente ¿no estarán pensando interrumpir algún canal de televisión o estación de radio? Porque esto constituiría una violación a nuestras leyes, con graves consecuencias para su causa.

—No hemos pensado semejante cosa —afirmó categóricamente el militar y agregó—: En principio intentaremos transmitir en una frecuencia libre con la esperanza de que nos vean y escuchen.

Tocó el turno a Eduardo y tomó la palabra para decir:

—Si la antena tiene una altura de siete metros, eso significa que podría verse desde el exterior de la casa, consecuentemente llamará la atención de los vecinos. ¿Qué explicación podemos dar a sus preguntas? Y en este punto me parece oportuno preguntar, ¿desean que los habitantes de este pueblo sepan que ustedes están en nuestra casa? ¿Ya lo pensaron bien?

—Lo que preguntas, Eduardo, tiene gran importancia. Deseamos que por el momento no se sepa que ya estamos en este pueblo. Sencillamente porque su casa sería invadida por numerosos curiosos y tendríamos problemas.

—Y no sólo eso —interrumpió Javier—, sino también la oleada de periodistas que como una jauría invadirían el pueblo, atropellando gente y queriendo derribar nuestra puerta para ganar la noticia.

—Es necesario que por lo pronto nadie, excepto ustedes —continuó diciendo Tor, sin conceder importancia al comentario del muchacho— sepan de nuestra presencia. Sin embargo, tendremos cuidado de disimularla con alguno de los árboles frutales. Además, pueden pensar con cuidado en una respuesta correcta o simplemente evitar responder a sus vecinos, haciéndoles saber simplemente que se trata de una prueba científica, y así no estarían mintiendo. Ahora, si ustedes me preguntaran por qué prefieren instalar el equipo en su huerta y no en nuestra base lunar o en una de las naves, la respuesta es ésta: tenemos mucho interés en que tú, Eduardo, seas reconocido como el primer terráqueo que entró en contacto con los extraterrestres, y después, que aceptes actuar como intercesor en todas las pláticas que sostengamos con esa ONU o con cualquier otro organismo. Creemos que es nuestro deber mostrarte, de esta manera, nuestro reconocimiento por las atenciones que nos has dispensado.

—Agradezco mucho la distinción y el honor que me dispensan —dijo Eduardo y añadió, cuidando sus palabras en virtud de que el militar cada vez expresaba sus ideas con más elegancia—: Sinceramente no sé si esta responsabilidad que me desean asignar pueda desempeñarla con excelencia. No soy hombre versado en relaciones diplomáticas, sin embargo, acepto gustosamente —al decir estas palabras, Luisa y Javier guardaron seriedad, pero en su interior los embargaba un legítimo orgullo.

—En nombre del Consejo de Ancianos, agradezco que aceptes tu designación. Ahora, permítanme solicitarles nuevamente el otro favor: debido a que la instalación del equipo requiere la ayuda de varias personas, necesito traer a tres compañeros más para que me auxilien en la tarea.

—Pero no disponemos de suficientes camas para ellos —se apresuró a decir Luisa.

—No debes preocuparte, ellos traerán lo necesario.

—No hay inconveniente —dijo Eduardo—, puedes traerlos. ¿Cuándo sería eso?

—Esta misma noche si les parece.

—¡Aceptado!

—Si ustedes no tienen alguna pregunta o comentario que deseen hacer —dijo el militar, dirigiendo la mirada a los tres—, me retiraré a informar a mis superiores y preparar el recibimiento de mis compañeros —esperó unos segundos y al no recibir respuesta hizo una ligera inclinación de cabeza y salió del estudio.

—¡Vaya tarea que me he echado a cuestas! —comentó Eduardo—, espero saber cumplir con mi cometido. Seguro estoy de que se avecinan importantes acontecimientos en los que, de cierta forma, habremos de participar. Por lo pronto, tendré que revisar mis trajes para ver en qué condiciones se encuentran, hace algunos meses que no los he usado y hasta creo haber olvidado cómo se anuda la corbata —Javier sonrió, porque sabía que se trataba de una broma de su padre. El resto del día transcurrió con toda normalidad. Luisa trabajó intensamente en el arreglo de la casa y en la preparación de los alimentos; después, ayudada por su marido, limpió tres habitaciones que estaban vacías. Javier se marchó al centro del pueblo. Después, dedicó toda la tarde a examinar con cuidado los obsequios que Tor había hecho a sus padres, el *tufilac* y el *milac.*

CAPÍTULO 11
Los nuevos visitantes

No bien la familia Morlet se disponía a retirarse a sus habitaciones por la noche, cuando el reloj marcaba las 10:20, se escuchó un zumbido, ya conocido por Eduardo.

—¡Es una nave de Tor! —exclamó—. Salgamos a mirarla.

Javier fue el primero en franquear la puerta y llegar al jardín, seguido de sus padres. Su mirada escudriñó en todas direcciones hasta localizar una mancha oscura en el cielo, no precisamente circular, a una altura de unos 100 metros, con luces de colores titilando en los costados.

—¡Allí está! —dijo a sus padres, apuntando con un dedo en la dirección vertical. Después de unos segundos de observación, Eduardo mencionó sorprendido:

—Pero ésta no tiene 200 metros de diámetro, quizá sólo 12 ó 15 y no como informaron en las noticias.

—Esta nave es otra —aseguró Javier. Yo observé claramente las tres naves que aparecieron en la capital—.

La voz de Tor, quien comenzaba a salir de su habitación, se escuchó para decir:

—También es una nave de las nuestras y transporta a mis compañeros.

En ese momento, una columna de luz surgió de aquel vehículo espacial y segundos después, una a una, descendieron las siluetas de tres personas en un extremo lejano del jardín, seguidas de tres cajas cuyo brillo reveló que eran metálicas. La luz de la nave se apagó y todo quedó alumbrado sólo por el brillo de la Luna en su cuarto creciente. Los nuevos visitantes comenzaron a avanzar hacia el grupo y en la penumbra se pudieron distinguir un individuo delgado y de menor altura, comparada con los dos que caminaban a su lado, el de la derecha alto y hercúleo, y el de la izquierda de complexión parecida a la de Tor; los tres descendieron debidamente uniformados. Al llegar cerca del grupo quedaron en línea y Tor encendió su *milac* e hizo con la mano una señal. Los ojos de Javier se clavaron en la persona del centro.

—¡Una mujer! —murmuró sorprendido.

Esa mujer extraterrestre, con casco plateado, chaqueta blanca y pantalón azul, descolgó de su cinturón dorado un *grolac,* levantó el brazo derecho, cruzó su pecho con gallardía y dijo con voz dulce, pero firme:

—¡Kaeli Ristorfel!

Se presentaba así, de la misma manera en que lo había hecho Tor a su llegada. Bajó el brazo y permaneció en la posición de firmes. A continuación, tocó el turno al militar corpulento, quien repitió la acción de la mujer y con voz gruesa y gran seriedad dijo su nombre:

—¡Brok Tresko!

El tercero de los visitantes espaciales se presentó con el nombre:

—¡Ordel Shmino!

Tor dirigió la mirada a Luisa y pidió que le mostrara las habitaciones que ocuparían sus subordinados, porque no cabía duda de que él era su jefe. Cuando supo qué cuartos habían sido destinados a ellos, dio sus órdenes en idioma blésdor y los tres se marcharon llevando cada uno una caja. Terminado este acto, que revistió cierta solemnidad, todos se despidieron y se dirigieron a descansar a sus habitaciones.

CAPÍTULO 12
Javier se había equivocado

La noche pasó con toda tranquilidad y al día siguiente, muy temprano, se levantó Javier y salió de su habitación para ir directo al jardín, con la intención de esperar que aparecieran los huéspedes. Grande fue su sorpresa al encontrar que uno de ellos, Ordel, con uniforme de faena, transportaba cajas hacia la huerta. Javier dirigió sus pasos a ese lugar y observó que los otros dos trabajaban activamente siguiendo las instrucciones de su jefe. Sintió temor de que su presencia molestara a esa gente y no quiso aproximarse a ellos. Sin embargo, Tor notó la llegada del muchacho y le invitó con señas a que se acercara. Javier obedeció y al llegar cerca del grupo no quiso perder detalle, encaminó su mirada a las partes del equipo que se hallaban por el suelo y a las actividades que cada uno estaba realizando. Llamó su atención la mujer, Kaeli, observó sus hermosas facciones, la esbeltez de su cuerpo bien formado, su cabello de ébano cayendo con gracia sobre sus hombros y sus grandes y bellísimos ojos azules contrastando con la palidez de su rostro, en todos sus gestos y movimientos trascendía un singular orgullo. Como todo joven sano en busca de pareja, Javier llegó a pensar que las mujeres extraterrestres seguramente serían viragos musculosas sin atractivo alguno; sin embargo, al ver la figura grácil de esta joven y la delicadeza de sus movimientos muy femeninos, reconoció lo muy equivocado que estaba. El muchacho quedó seducido por la deslumbrante belleza.

—Comenzaremos por levantar la antena —dijo Tor, dirigiendo la mirada al joven para satisfacer su curiosidad— y a continuación instalaremos el equipo de transmisión. Quiero, Javier, si me permites, pedirte un favor muy especial —hizo una pausa, esperando alguna respuesta.

—Con todo gusto —respondió el joven un tanto sorprendido y agregó—, si en mis manos está no dudes que puedes contar con mi ayuda.

—Gracias. Se trata de lo siguiente: como expliqué ayer, haremos algunas emisiones de imagen y la persona que ha sido designada para ello será Kaeli, que es hija de un hijo de un miembro del Consejo de Ancianos, Zardú Ristorfel.

—Es decir, nieta de Zardú Ristorfel —corrigió Javier.

—Sí, nieta, es el término que usan ustedes. Pues bien, el favor que pido es que enseñes tu idioma a Kaeli, probablemente siguiendo el método de tu padre que resultó satisfactorio.

Javier no dudó un instante.

—¡Acepto! ¿Cuándo debemos comenzar?

—De inmediato —fue la respuesta. Llamó a Kaeli y en blésdor le dio instrucciones.

—Alerca —contestó Kaeli y su mirada se encontró con la de Javier.

—Comenzaremos después del desayuno. Creo que ya debemos ir con mi madre.

En el desayuno, Tor pidió a Luisa una taza de café, asegurándole que ningún daño le había ocasionado e invitó a sus compañeros a que hicieran la prueba. Brok, un hombre musculoso, de mirada dura y fría, frente amplia y redondo mentón marcado por un hoyuelo, observó todo el tiempo a cada uno de los Morlet. Sentía desconfianza, según revelaban sus gestos y fue el único que no quiso probar el café.

Javier explicó orgullosamente a sus padres el favor que le habían solicitado. Terminado el desayuno, Tor dio las gracias a Luisa y solicitó retirarse para continuar sus trabajos. Sus compañeros repitieron las mismas palabras, sin comprender su significado. A partir de ese momento, los tres nuevos huéspedes harían todo lo posible para conquistar la simpatía de la familia, se diría que había sido su consigna. El jefe dio sus instrucciones y Kaeli dirigió la vista a Javier esperando alguna orden. El joven le indicó con la mano que salieran del comedor y se encaminaron al estudio.

En los tres primeros días quedó instalada la antena, un mástil de metal de unos siete metros de altura, de ese metal propio de los extraterrestres de dureza a toda prueba. El tubo de 10 centímetros de diámetro estaba rematado con una esfera brillante del mismo material, de 50 centímetros de diámetro. La antena quedó disimulada, haciéndose imposible mirarla desde el exterior y desde el aire, se hallaba apoyada en una caja metálica de color negro en cuyo interior estaba instalado un dispositivo del mismo color. Los aparatos que complementaban el equipo, como un dispositivo semejante a una cámara de televisión, se instalaron en la habitación de visitas.

Al mismo tiempo que se instalaba el equipo de transmisión, las tres grandes naves extraterrestres comenzaron a visitar las principales capitales del mundo sobrevolando a relativa altura: Washington, Londres, París, Roma, Moscú, Tokio y Pekín. Permanecieron tres o cuatro horas estacionadas a unos dos mil metros de altura y, naturalmente, causaron el asombro a unos y el terror a otros que, influenciados por las películas de ciencia ficción, creían en la posible invasión de los marcianos verdes que con sus poderosas armas se disponían a destruir ciudades. Los diarios de todo el mundo y los noticieros de la televisión no dejaban de mostrar fotografías e imágenes y las notas periodísticas eran extensas y en muchos casos exageradas. Continuamente se publicaron artículos sensacionalistas donde se aseguraba que varias personas habían sido secuestradas y llevadas a las naves donde les practicaron operaciones quirúrgicas. En varios de esos países despegaron aviones de caza que volaron cerca de las naves, para inspeccionarlas e intentar establecer alguna comunicación, pero con órdenes de no atacarlas. Tor tuvo el cuidado de dar una explicación muy clara a Eduardo a fin de tranquilizarlo y, al mismo tiempo, le informó que todo estaba listo para comenzar a enviar mensajes al mundo, pero deseaba que los vuelos de sus naves llamaran la atención de los habitantes de la Tierra para que los mensajes surtieran el mayor efecto.

CAPÍTULO 13
El mensaje de Tor

Apenas había transcurrido una semana cuando Tor habló con Eduardo para informarle que ese día, a las 20:00 horas, había decidido transmitir un mensaje, al mismo tiempo le pidió que lo escuchara y le diera su comentario. Así lo hicieron y, salvo alguna pequeña corrección que sugirió el profesor, el mensaje quedó listo para ser enviado a todo el mundo, repitiéndolo conforme a los horarios de los distintos países.

Ese día, a las ocho de la noche, apareció en las pantallas de los aparatos de televisión, que por mera casualidad habían sintonizado el nuevo canal, la imagen del extraterrestre correctamente uniformado y con voz pausada y firme, propia de un militar, dijo:

"Soy Tor Bulkan, comandante supremo de las fuerzas de Blésdora, un planeta distante de la Tierra, desde donde hemos venido para presentar nuestros respetos y traer un saludo fraternal. Las naves que en días pasados han surcado los cielos de este mundo son parte de nuestra flota estacionada en su satélite, en Marte y en la mayor de las lunas de Júpiter, Ganímedes. Debo hacer la advertencia de que nuestro arribo no abriga peligro alguno, ninguna amenaza para los habitantes de este planeta. Llegamos con el deseo de establecer vínculos de amistad, de confraternidad, mediante pláticas de entendimiento y buena voluntad. En nombre de mis superiores, solicito que la Organización de las Naciones Unidas

abra sus puertas para que podamos informar sobre la bondad de nuestras intenciones. Si la ONU acepta nuestra petición, pido que fije fecha y hora para efectuar este evento".

El mensaje se transmitió toda la noche y todo el día siguiente. Al tercer día, las estaciones de radio, los canales de televisión y casi todos los diarios del mundo dieron a conocer la noticia, que suscitó bastante interés y al mismo tiempo una profunda inquietud. Ya no cabía duda de la llegada de los extraterrestres, ahora toda la gente comenzó a sentirse más tranquila y se dispuso a esperar el desarrollo de los acontecimientos. Sin embargo, en la mente de todos danzaban las preguntas: "¿A qué han venido? ¿Qué es lo que buscan? ¿Efectivamente no representan ningún peligro? ¿Debemos estar confiados?"

Eduardo y su hijo descubrieron que con ellos se encontraba un personaje muy importante, Tor, quien era nada menos que el comandante, el jefe, la cabeza de todas las fuerzas armadas espaciales de Blésdora.

Trabajando como un minúsculo equipo de producción televisiva, Kaeli, Ordel y Javier organizaron varios programas que fueron transmitidos por su canal. La chica, que cada día se expresaba mejor en español, actuaba como comentarista y leía los textos con marcado acento extranjero. El manejo de la cámara estuvo a cargo de Ordel, quien, además, asistía interesado a las lecciones de español. Javier, por su parte, preparaba los textos para Kaeli y, sin que su imagen apareciera, los traducía al inglés. Utilizaron material grabado con anterioridad para presentar imágenes de las ciudades más importantes de Blésdora, mostrando las grandes edificaciones, las actividades de la gente, los medios de transporte y los paisajes que consideraron más bellos. Asimismo, exhibieron las características más importantes de una de las grandes naves, sin mostrar el armamento poderoso con que están dotadas. La joven habló sobre la fabricación de metales, como el que utilizaban para la construcción de sus naves, recalcando que ese metal es casi impenetrable, además de ligero. Mostraron a hombres flotando en el espacio impulsados por cinturones especiales y transportando cargas muy pesadas. Los diarios de muchos países no dejaron de publicar reseñas de esos programas que poco a poco alcanzaron un elevado número de televidentes.

La Organización Internacional de Telecomunicaciones y el Pentágono, de manera independiente, ordenaron una investigación para saber de dónde procedían las señales de ese canal de televisión "pirata". Una hora y media fue suficiente para localizar la casa donde se encontraba instalado el equipo y el nombre del propietario. De inmediato se inició la integración de un expediente de Eduardo Morlet: dónde nació, cuándo, los lugares donde estudió, quiénes integran su familia, dónde viven, etc. "¿Qué hacer? ¿Clausurar la casa y proceder a la confiscación del equipo? De ninguna manera, aún no sabemos lo que ellos desean". Los extraterrestres intentaban comunicarse con los habitantes de la Tierra y ésa era su manera de hacerlo, además, no habían dado muestras de hostilidad. Si se procediera a clausurar el lugar, quizá se produciría una reacción con consecuencias no previsibles. Optaron inteligentemente por la prudencia y se limitaron a ser observadores, con la ventaja de que los programas ofrecían información valiosa.

Cuatro individuos bien vestidos desayunaban en el café de doña Conchita. Hablaban en español con un remarcado acento extranjero; al terminar, se dirigieron a la casa de Eduardo. Tocaron a la puerta, los extraterrestres se ocultaron en la huerta y Kaeli, que estudiaba con Javier, se fue a la habitación de visitas. Javier abrió la puerta, escuchó la explicación de uno de los visitantes; los hizo pasar al estudio y llamó a su padre. Los hombres explicaron que eran portadores de una invitación del Instituto Tecnológico, donde Eduardo había hecho sus estudios, e hicieron entrega de un sobre. Eduardo lo abrió y, después de leer el texto de la invitación en la que deseaban que asistiera a un evento de conmemoración, agradeció el honor que le dispensaban y dijo:

—De momento no puedo aceptar la invitación porque el próximo sábado tengo un compromiso ineludible y desafortunadamente me es imposible cancelarlo. Sin embargo, a la brevedad posible procuraré agradecer personalmente al señor director esta deferencia.

Los cuatro individuos, cuya mirada dirigían a todos lados, dieron las gracias al profesor por haber sido recibidos. Fueron acompañados hasta la puerta y se retiraron. Dos horas después, una camioneta cerrada se estacionó a unos 100 metros de la casa de los Morlet y dos individuos, con uniforme de una empresa telefónica, revisaban las líneas cercanas a la casa.

CAPÍTULO 14
Dos semanas de acontecimientos

Los días transcurrían e inexplicablemente la ONU no daba señales de vida, a pesar de la insistencia de los medios de comunicación que intentaban ejercer presión por la importancia que revestía el suceso. Eduardo y Luisa pensaron hacer un viaje a la capital con la intención de consultar a un médico, hacer algunas compras pero, principalmente, visitar a sus hijos y disuadirlos de su intención de viajar a San Blas. Sin embargo, desistieron de la idea ante la posibilidad de que su viaje resultara afectado por personas extrañas, así que optaron por permanecer en su casa y esperar la marcha de las cosas. Por las tardes, siguieron asistiendo al café de Conchita a charlar con sus amigos, sin dejar de sentir preocupación por la seguridad de su casa. Continuamente observaron individuos, desconocidos en el pueblo, que seguían cada uno de sus pasos, pero en ningún momento intentaron acercarse a ellos. En una ocasión, Miguel, su amigo, le aseguró que la señora Susana Ibarra, vecina del lugar, corría el rumor de haber visto por la noche, "con sus propios ojos", según afirmó, un hombre que llegó volando a su casa.

—No prestes atención a todo lo que se cuenta, en estos tiempos se aseguran tantas cosas difíciles de creer que es mejor pasarlas por alto —fue el comentario de Eduardo.

Más tarde, al reunirse con Luisa, ella dijo que le habían hecho el mismo comentario. Ambos reconocieron que al negar el hecho habían incurrido en una mentira; celebraron con una risa el detalle considerando que habían cometido una travesura infantil, pero ya se presentaría la ocasión de aclarar las cosas y pedir disculpas. Sin embargo, el rumor de la señora Ibarra se extendió por todo el pueblo y seguramente llegó a oídos de alguien de la capital, porque un helicóptero estuvo volando sobre la casa de Eduardo.

Javier, cada día más entusiasmado con la enseñanza del idioma a sus dos nuevos amigos y el apoyo que brindaba para la difusión de la información, no se cansaba de platicar a sus padres que Kaeli poseía una maravillosa inteligencia, y no mentía, la bella joven continuamente buscaba la oportunidad de practicar con Luisa sus frases recién adquiridas. Los tres jóvenes trabajaban arduamente, combinando su labor en el canal con la práctica del español. Reían y disfrutaban cada momento. Kaeli ya le había prometido llevarlo a visitar alguna de las naves y Javier esperaba con ansiedad que llegara ese momento.

Ordel Shmino, un joven atractivo de mirada dulce y serena tenía, además de su responsabilidad en el canal de TV, el trabajo de llevar la bitácora del viaje y combinaba estas tareas. Casi siempre se le veía en una mesa, absorto en sus pensamientos, y difícilmente levantaba la vista. El joven militar recientemente había contraído nupcias y casi todas las noches solicitaba permiso a Tor para utilizar el *shtolac,* a fin de platicar con su joven esposa.

Brok Tresko, un ser callado, dedicaba su tiempo a revisar y mantener el equipo en condiciones satisfactorias; siempre con la cabeza descubierta y el pelo cortado al rape, recorría sin descanso cada una de las partes, procurando quitar la más mínima mota de polvo. La única distracción que tenía era salir por las noches a flotar por el espacio. Alguna ocasión dejó la casa, apenas había oscurecido, y al regresar recibió de Tor una fuerte llamada de atención por su imprudencia. Por otro lado, no obstante que hacía esfuerzos por dominar su fuerte carácter y mostrarse atento con los Morlet, su ceño se fruncía cada vez que miraba a Kaeli caminar tomada de la mano de Javier. Por otra parte, Eduardo, al platicar con su hijo, le hizo notar la inconveniencia de llegar a enamorarse de Kaeli porque ignoraba las consecuencias e implicaciones que tendría esa relación.

—Observa cómo te mira Brok —le dijo a Javier.

—No te preocupes, entre ella y yo sólo ha nacido una amistad noble y leal y al mismo tiempo tierna.

CAPÍTULO 15
Viaje al espacio

Dejemos que la ONU continúe silenciosa y estudiando las posibilidades de aceptar que los extraterrestres tuvieran acceso al estrado de oradores, que el Consejo de Seguridad de ese mismo organismo siga analizando las consecuencias de la llegada de los hombres espaciales y que estudie las medidas de seguridad más adecuadas. Vayamos ahora a la habitación de Tor, donde Kaeli y Javier se encuentran frente al *shtolac.* La pantalla muestra la cara de un anciano de barba blanca con vestidura de color negro, de su cuello cuelga una cadena con un escudo dorado, igual al que portan los cascos de los militares extraterrestres, y charla cariñosamente con Kaeli en idioma blésdor. Javier, convertido en simple espectador, sólo se limita a observar la operación de la máquina. Terminada la conversación, la bella joven, con una alegre sonrisa en sus labios, se dirige al muchacho para decirle:

—Ven, vamos en busca de Tor, tengo algo importante que informarle.

Cerraron la máquina y los dos jóvenes localizaron a Tor, quien en esos momentos se hallaba en amena charla con Brok.

—Tor, disculpa que interrumpa tu plática, pero es urgente comunicarte las órdenes que he recibido —dijo la joven, expresándose correctamente en español, cosa que le pareció extraño al militar—; mi abuelo, Zardú, me pide que vaya a su presencia de inmediato y ha aceptado que me acompañe Javier, si así lo desea.

Al oír la invitación que se hacía al joven, Tor no pudo ocultar una ligera sonrisa maliciosa y miró de reojo a Javier. Brok se quedó sorprendido al ver que Kaeli hablaba en un idioma que no era el suyo. El hijo de Eduardo abrió desmesuradamente sus ojos, no esperaba recibir esa sorpresa y guardó silencio.

—¿Cuándo debes partir? —preguntó el soldado.

—Esta misma noche —contestó Kaeli. Y dirigiendo su mirada a Javier le preguntó—: ¿Aceptas?

—¡Por supuesto que sí! Siento grandes deseos de ir —replicó el hijo de Eduardo, sin dudarlo un instante y sin ocultar su entusiasmo.

—Sin embargo, mi abuelo dice que existe un problema: tu alimentación. Sólo pasaremos en su nave tres noches.

—Preguntaré a mi madre cómo podemos resolver el problema de mis alimentos —señaló Javier y agregó—: Si no tienen inconveniente me gustaría hacer mis preparativos.

No esperó un segundo más y precipitadamente se dirigió en busca de Luisa.

—Mira, hijo, hornearé de inmediato los panecillos que a ti te gustan. Llevarás, además, algunas latas y un poco de fruta. Procuraré que la cantidad de provisiones sea suficiente para los dos días que pasarás con Kaeli.

Al decir la última frase, un ligero rubor tiñó sus mejillas pero no quiso modificar lo que había expresado y volvió la cara hacia otra dirección. Javier se marchó al estudio en donde encontró a su padre y le informó sobre su aceptación a realizar una visita a la nave de Zardú. Eduardo sólo se limitó a desearle un feliz y provechoso viaje, aunque en su interior sintió una ligera inquietud.

En el reloj cucú del comedor sonaron las 10 de la noche, de ese mismo día, cuando escucharon el zumbido conocido de una nave cerca de la casa de los Morlet. Rápidamente se notó el movimiento de personas. Javier salió con dos pequeños maletines a esperar la llegada de Kaeli al jardín, pero se encontró con que ella ya estaba allí en compañía de Ordel. A la llegada de Eduardo y Luisa, Kaeli decidió despedirse de ellos y en vez de efectuar un saludo militar, como era su costumbre, extendió su mano y la dirigió a Luisa, quien la estrechó cariñosamente. Eduardo rompió la regla y dio un beso en la frente de aquella hermosa joven de pelo negro y brillantes ojos azules. La chica se turbó, se desconcertó, no supo qué hacer, pero aceptó la muestra de cariño del padre de su maestro.

Una columna de luz surgió de la parte inferior de la nave y Kaeli indicó a Javier que se situaran bajo la luz. Momentos después los jóvenes, tomados de la mano, ascendían suavemente. La primera impresión que recibió el muchacho fue que había perdido su peso y sintió que flotaba pero sin sentir molestia alguna. Al llegar al interior de la nave los recibieron dos mujeres jóvenes debidamente uniformadas y de bellas facciones. Una ligera inclinación de su cabeza fue su saludo y les invitaron a seguir adelante. Javier observó tres hileras de seis cómodos sillones cada una. Kaeli lo tomó de la mano, lo condujo a la parte delantera y le hizo seña de que tomara asiento. El joven obedeció y notó un extraño olor como de mariscos. Su bella compañera le hizo la aclaración de que el aire que estaban respirando había sido tratado con electricidad.

—Ah, ya entiendo, someten el oxígeno a descargas eléctricas para producir ozono, que es un poderoso bactericida, es un oxidante enérgico a la temperatura ordinaria y con él evitan que lleguen microbios al interior de la nave —Javier hizo este comentario, haciendo gala de sus conocimientos y Kaeli frunció el ceño porque no había entendido varias palabras de la explicación científica.

Antes de tomar asiento, la mirada del joven Morlet recorrió el sillón en que iba a sentarse y Kaeli le preguntó si buscaba algo.

—Sí —respondió Javier—, el cinturón de seguridad.

—El ¿queeeé? —preguntó extrañada la joven.

—El cinturón de seguridad —repitió Javier, y comprendiendo la confusión que había producido en la joven dio una explicación clara del uso de este dispositivo en los aviones.

Esta vez, Kaeli se sonrió y dijo:

—Mira, mi querido maestro. Nuestras naves crean su propio campo gravitatorio y en ningún momento sentirás gravedad cero, es decir, no sentirás que has perdido el peso y que puedes flotar libremente en el aire. ¿Satisfecho?

Javier abrió las manos y levantó los hombros como diciendo "perdón por mi ignorancia". Los dos jóvenes festejaron con risa los detalles.

De pronto, hizo su aparición un hombre joven elegantemente uniformado, se dirigió a ellos y se presentó como Arvik Nuringel, dijo algunas palabras en blésdor a las que respondió Kaeli y se retiró. La chica explicó que era el capitán de la nave y había solicitado permiso para despegar. Unos minutos después se desplazaban suavemente por el espacio y la velocidad aumentaba con rapidez, en pocos segundos las ventanillas mostraban los cambios del paisaje. Todo empequeñecía.

—¿Te gustaría conocer la cabina de control? —preguntó la chica a su compañero.

—Sí —contestó gustoso Javier. Kaeli lo tomó de la mano y lo condujo hasta donde se hallaba Arvik. Este hombre se incorporó de su asiento, intercambió algunas palabras con Kaeli y cedió su lugar a Javier. El hijo de Eduardo se hallaba ante un tablero con pantallas y botones, no vio palanca alguna y recibió una explicación que fue traducida por su compañera.

—Esta nave, totalmente automática, pertenece a las fuerzas armadas, está equipada con un poderoso armamento y alcanza altas velocidades. En estos momentos no viajamos a la máxima velocidad y según tu reloj tardaremos en llegar a la nave base o nodriza, que se encuentra a unos 50 mil kilómetros de la Tierra, algo así como una hora y media.

—¡Sorprendente! —dijo Javier, hizo algunos cálculos mentales y añadió—: No viajamos a máxima velocidad y nos estamos desplazando a unos 35 mil kilómetros por hora. A esta velocidad llegaríamos a la Luna en ¡nueve horas!

Volvieron a sus asientos y Kaeli, con sus hermosos ojos un tanto picarescos, no dejaba de observar a su invitado y al parecer la divertía la curiosidad con la que él se entretenía examinando cada detalle de la nave. Sus dedos no dejaban de tocar los materiales, los cristales de las ventanillas, los aparatos colocados en los costados de su sillón, que no sabía para qué se utilizaban pero que no se atrevía a preguntar. La joven, inteligentemente, aclaró una parte de la inquietud, sin que su amigo se sintiera incómodo: descolgó de su asiento una pequeña caja negra, la acercó a su boca y habló unas palabras en blésdor; la respuesta fue que un tablero colocado en la parte superior de la nave se descorrió dejando paso a la luz de las estrellas brillando en la oscuridad del cielo.

—Ahora podrás distinguir la nave de mi abuelo —dijo a Javier, al mismo tiempo que señalaba con su dedo un pequeño punto brillante confundiéndose con las estrellas.

A medida que transcurrían los minutos aumentaban rápidamente las dimensiones de ese punto, hasta que fue posible distinguir un enorme disco en cuya base estaban incrustadas, como vértices de un hexágono, seis naves espaciales iguales a aquella en que viajaban. Cada una se distinguía de la otra por un símbolo blanco en el interior de un círculo negro. La nave de Kaeli disminuyó su velocidad, aproximándose paulatinamente al centro de la imponente nave base, completando el número de siete naves satélites.

Unos minutos después, los jóvenes escucharon un ligero ruido como señal del acoplamiento entre las dos naves.

Arvik salió de la cabina de control e indicó a sus pasajeros que podían pasar a la nave base. Javier tomó sus maletines, pero su compañera le indicó que no lo hiciera, porque alguien se ocuparía de ello y dio la orden a una de las jóvenes que venían en la nave. Salieron por una puerta lateral y Javier se encontró en una sala; sin embargo, grande fue su sorpresa que al querer caminar en una dirección sus manos chocaron contra un muro invisible, impenetrable. Kaeli lo tomó de un brazo y le indicó:

—Estamos en un pasillo cuyos muros son campos de fuerza que nos obligan a dirigirnos al cuarto de descontaminación. Debemos seguir en línea recta hacia esa puerta cerrada —continuaron caminando y al llegar a la puerta la abrieron y penetraron a un saloncito iluminado donde estaban 18 sillones. Tomaron asiento. La luz se apagó y fue sustituida por una luz roja que iluminó tenuemente el lugar, se escuchó un ligero zumbido, rayos de luz amarillenta bañaron sus cuerpos y nuevamente se percibió el olor a mariscos, es decir, a ozono. Tres minutos después todo volvió a la normalidad, el saloncito quedó iluminado y otra puerta se abrió para dar paso a los visitantes. El muchacho no podía ocultar su nerviosismo pero Kaeli, intuyendo el estado de ánimo de su amigo, lo tomó del brazo y, caminando sobre un piso suave de tono oscuro, lo condujo a una sala amplia, alargada, con muros ciegos y numerosas puertas metálicas en los costados, en cada una aparecía un símbolo y algunos enigmáticos caracteres, seguramente para identificarlas. Muchos militares en traje de faena circulaban en varias direcciones, algunos salían de las puertas y otros entraban a ellas llevando objetos en las manos. Al pasar cerca de ellos, hacían una ligera inclinación de cabeza, Kaeli correspondía el saludo de igual manera.

—Vayamos en busca de mi padre —indicó la joven.

Atravesaron el salón y pasaron a otro espacio muy iluminado semejante al anterior, aunque los muros eran de cristal y dejaban ver personas vestidas de blanco atendiendo raros aparatos. Siguieron caminando hasta llegar a una puerta que Kaeli abrió. Un laboratorio se presentó a los ojos del hijo de Eduardo, con numerosos aparatos, probetas y tubos, donde circulaban líquidos de varios colores. Ante ellos apareció un hombre de buena presencia, vestido de manera diferente a los militares, su edad posiblemente cercana a los 50 años con algunas canas en las sienes que lo hacían parecer más atractivo. Con una amplia sonrisa de alegría y orgullo abrazó a la joven y rozó con su mejilla la mejilla de su hija, brindándole varias palabras, posiblemente de bienvenida, pensó Javier. Después, dirigió la vista al compañero de su hija, lo miró con curiosidad unos instantes y extendió su mano; Javier hizo lo mismo y el padre de Kaeli sólo estrechó el brazo y al mismo tiempo le dijo su nombre, Urgel Ristorfel. El joven repitió el suyo.

—Mi padre no es militar sino un hombre de ciencias —aclaró Kaeli y agregó—: Si aprendieras nuestro idioma seguramente tendrían mucho que compartir —volvió la mirada a su padre y en blésdor le preguntó en dónde podría encontrar a su madre. Urgel le dijo y los dos jóvenes se dirigieron al lugar que les indicaron.

—Tienes un padre muy agradable y seguramente muy inteligente —comentó Javier.

—Estoy segura de ello —dijo orgullosamente la joven extraterrestre.

Como si la madre de Kaeli los estuviera esperando, abrió los brazos para recibir a su hija. Javier observó la tierna escena y de inmediato se explicó por qué la hija era sorprendentemente bella. La dama era el vivo retrato de la hija, de hecho, la hija era un duplicado de la madre. Lo único que las diferenciaba era la edad. Madre e hija charlaron por unos minutos y, de la plática, el hijo de Eduardo sólo pudo entender el nombre Zardú. A partir de este momento, Javier tomó la firme decisión de aprender el blésdor, costase lo que costase.

Con una mirada afable y cariñosa, la madre de Kaeli se dirigió a Javier y dijo llamarse Yunel Ristorfel, y el muchacho cumplió con aquello que parecía una rutina de presentaciones.

A continuación, los dos jóvenes se encaminaron a la visita más importante, el abuelo Zardú. Subieron por una escalera alta, pasaron por un nivel y continuaron hasta llegar al tercer nivel. Allí caminaron por un corredor estrecho, de piso mullido, al final del cual penetraron por una puerta a un aposento amplio donde los muros estaban cubiertos por pantallas que mostraban imágenes diversas. Javier contó 12 militares sin casco sentados frente a ellas. Le llamó la atención dos esferas de brillo intermitente, de unos 20 centímetros de diámetro, que flotaban a una altura de unos tres metros y recorrían todo el salón. Un hombre anciano, vestido de negro y portando en el cuello un enorme escudo de oro, el mismo extraterrestre que Javier había visto en la pantalla del *shtolac,* se incorporó de un sillón blanco, forrado con tela semejante a piel, de alto respaldo. Caminando con seguridad, se acercó a los jóvenes, su mirada seria y penetrante reveló un carácter firme y decidido. Antes de dirigir la vista a su nieta, observó a su acompañante de pies a cabeza con extremo cuidado. Concluida la observación, abrazó a Kaeli y con su mejilla rozó la mejilla de su nieta.

En idioma blésdor, Kaeli expresó algunas palabras con la seguridad de quien siente confianza, cariño y admiración por su abuelo. Zardú se presentó a Javier y esperó a que éste dijera su nombre. Después, dirigió la vista a su nieta, algo le dijo, volteó hacia uno de sus ayudantes e hizo una señal, seguramente fue una orden porque de inmediato se colocaron dos cómodos sillones cerca del sillón del abuelo. Los tres tomaron asiento y se entabló una plática entre Zardú y su nieta. Quizá Kaeli informaba al abuelo, porque durante varios minutos ella sostuvo la palabra y Zardú sólo interrumpía con frases cortas. El joven sólo se concretaba a recorrer con la vista lo que estaba sucediendo en las pantallas. En varias de ellas miró naves de diversos tamaños, algunas llegando a, o saliendo de, lugares muy helados. En otras pantallas reconoció las construcciones más importantes de varias ciudades de la Tierra: el Big Ben de Londres y el Pentágono de los Estados Unidos de Norteamérica. Se escuchaban órdenes en un idioma desconocido, seguramente blésdor. En otra pantalla observó también dos naves llegando a un lugar escabroso de terreno rojizo, no hubo duda de que se trataba del planeta Marte, pensó el muchacho. Transcurrieron unos 20 minutos, Kaeli se puso de pie y Javier la imitó. El anciano permaneció sentado y los dos jóvenes se retiraron de la sala.

—Puedo saber, ¿qué son las esferas flotantes de brillo intermitente? —preguntó el joven.

—Elementos de seguridad —respondió secamente la chica sin más aclaración y agregó—: Acabamos de estar en el centro de mando de una nave de guerra.

—Pero es que ustedes ya no tienen guerras, según me has contado, ¿por qué una nave de guerra?

—Lo dije de esta manera porque no supe cómo llamarla. Vamos, es una nave de las fuerzas armadas —corrigió Kaeli con cierto aire de enojo—, ¿satisfecho?

Javier comprendió que su aclaración había sido un poco impertinente y guardó silencio. Sin embargo, quedó fascinado con la rabieta de su joven y bella compañera de viaje.

—Ahora, conviene hacer un recorrido por la nave a fin de que visites los lugares más interesantes de nuestro transporte —dijo la joven dulcemente, habiendo cambiado el tono de su voz.

—¡Vayamos! Tú eres mi guía —repuso Javier muy entusiasmado.

El resto del día transcurrió en el recorrido de la nave. Visitaron el vivero, donde numerosas plantas y arbustos, desconocidos para Javier, presentaban colores que variaban del verde al amarillo y algunos de tono rojizo. Todos se desarrollaban en grandes recipientes, por los que circulaba un líquido transparente de color verde, portador de los nutrientes necesarios. Luz amarilla muy intensa bañaba el vivero. A medida que recorrían las plantas, Kaeli mencionaba los nombres de las más interesantes y el joven lo repetía tratando de memorizarlo. Llegó el momento en que se vieron en la necesidad de interrumpir el recorrido para tomar sus alimentos. Kaeli condujo a Javier a la habitación donde pasaría la noche, le explicó cómo usar los diferentes aparatos, cómo emplear la pantalla donde se veían escenas parecidas a los programas de televisión, el teléfono y cómo usar el agua. Mientras el muchacho tomaba sus alimentos, preguntó a su alumna:

—No he visto en la nave ni niños ni sacerdotes, ¿podrías explicarme la razón?

—Como te dije, esta nave es de las fuerzas armadas y los niños se encuentran en una nave-escuela. Periódicamente, los padres obtienen permiso para ir a vivir un tiempo con sus hijos, es decir, aprovechan sus periodos de vacaciones. Ahora, antes de decir algo sobre los sacerdotes, me puedes decir, ¿qué es un sacerdote?—Javier dio una explicación muy clara sobre el trabajo y función de un sacerdote en su planeta y al terminar preguntó:

—¿Ustedes creen en un ser creador del universo, que nosotros llamamos Dios?

—Naturalmente, todos creemos en Dios, aunque no lo conocemos. La mejor prueba de que existe o existió es su maravillosa obra: el Universo que contemplamos, porque no es posible que algo tan inmenso pueda surgir de la nada. Sin embargo, no podríamos aceptar la existencia de sacerdotes que nos impusieran reglas o nos forzaran a pensar en algo que ni ellos han visto. Por lo que me has explicado, ustedes tienen servicios religiosos, eso aquí no lo tenemos, cada uno cree a su manera con absoluta libertad. Por otra parte, nunca oramos ni pedimos nada a Dios, porque tampoco creemos que él, si existe, se ocuparía de cada uno de nosotros.

—Kaeli, estoy decidido a aprender blésdor, me agradaría escuchar tu comentario.

—Esa idea es estupenda, me gusta, y yo deseo ser tu maestra. ¿Aceptas?

—¡Claro! No esperaba otra cosa.

Concluido el momento del refrigerio, ambos se dispusieron a continuar el recorrido. Visitaron diversos laboratorios, donde fueron recibidos por cada responsable. Obtuvieron explicaciones que fueron traducidas en parte por la chica. Varias veces Kaeli decía sonriendo: "Pero de esto, sí que ¡no sé nada!" Finalmente, asistieron a ver de cerca el proceso de fabricación de los alimentos. En un salón se encontraban, nada menos que robots operando máquinas de las que surgían grandes cantidades de tabletas. En vista del interés con que el joven observó de cerca cada robot, la chica explicó que los autómatas funcionaban con un programa adecuado para hacer una o más funciones específicas y ese programa podría cambiarse con facilidad.

—Tenemos expertos cuya función es crear nuevos programas y cada vez más complicados. El aspecto de los robots era casi el de un humano, incluso la piel que cubría sus mecanismos parecía piel verdadera, sus movimientos eran casi perfectos y trabajaban con muy alta precisión.

El recorrido de ese día concluyó y Javier quedó advertido de que apenas habían visitado el primer nivel de la nave, aún faltan dos niveles y la gran cúpula. Kaeli le recomendó que fuera a su habitación y descansara, ya que más tarde pasaría a recogerlo para ir al convivio. Asistirían a un recinto donde todas las noches se reunían aquellos que deseaban charlar con sus amistades y a disfrutar un rato de esparcimiento. Así convinieron y cada uno se marchó por su lado.

CAPÍTULO 16
Kaeli cae rendida

Un enorme salón inundado de luz era el lugar donde se efectuaba el convivio. Pequeños grupos sostenían pláticas y festejaban los diálogos con risas. Había mesas donde dos o más personas disfrutaban practicando extraños juegos, unas veces con fichas semejantes a las del dominó y otras con tableros. Parecía que todos tenían especial interés en asistir a esas reuniones porque vestían sus mejores galas y las mujeres lucían elegantes atuendos adornados con bellas joyas de oro. Otros grupos se encontraban ante pantallas de televisión y reían con las imágenes y el diálogo que escuchaban. Casi todos bebían y disfrutaban un licor de color ámbar. A este sitio llegó Kaeli, luciendo una elegante túnica dorada brillante y pantalón de color negro; de su cuello colgaba un grueso collar del cual pendía un gran medallón de oro. Javier se presentó con lo mejor que trajo, porque no había sido advertido sobre una recepción de gran lujo, y al arribar escuchó música suave y extraña pero agradable al oído. Todos dirigieron la vista curiosa al recién llegado, mirándolo de pies a cabeza, y no faltaron los cuchicheos entre los asistentes.

—Me siento como bicho raro —murmuró el joven al oído de su compañera.

—Debes tener calma, serás recibido cordialmente —comentó Kaeli sin perder la compostura.

—¿Diariamente asisten a este lugar vestidos en forma tan elegante? —preguntó Javier.

—No. En este caso esperaban tu presencia y fueron advertidos —contestó la chica sin volver la cabeza hacia su compañero.

Kaeli lo condujo ante Moterri Kurpitz, el capitán de la gran nave. Luego de las presentaciones, intercambió con él algunas palabras y se retiraron. El joven fue presentado también a otras amistades de la familia Ristorfel. Casi todos se acercaban a saludar a la pareja más que por cortesía por el deseo de oír la manera de hablar del hombre terráqueo. A Javier le ofrecieron una copa de aquel líquido ambarino y antes de tomarla buscó la aprobación de su compañera. Ella movió la cabeza en señal de asentimiento y el joven examinó el licor a través del fino cristal de la copa, acercó la nariz para percibir el aroma y dio un pequeño sorbo. La sonrisa en sus labios fue la prueba de la satisfacción que le había producido. No transcurrió más de media hora cuando Kaeli dijo que tenían que retirarse porque sus padres los esperaban, y así lo hicieron. Al salir del gran salón, Javier le contó a su amiga que estaba satisfecho por la cálida acogida que se le había dispensado.

—Me llama la atención que las mujeres usan mucho oro —comentó el joven científico, y como vio que Kaeli se extrañó, aclaró—: El metal amarillo de sus joyas. ¿Dónde tienen las minas?

—¿Las minas? Nosotros lo fabricamos —dijo orgullosamente la joven— Hace mucho tiempo un antepasado, o como se diga, de mi abuelo, desarrolló el método de fabricación de ese metal que llamas oro, y no sólo lo fabricamos sino también otros materiales, por ejemplo, nuestra nave está construida con un metal especial que es ligero y casi impenetrable.

—¡Ya lo han logrado! ¡Ya conocen la manera de cambiar la estructura de los materiales! —pensó Javier en voz alta, recordando su especialidad en el campo de la nanotecnología.

Los jóvenes llegaron a la habitación de los padres de la chica donde fueron recibidos con cordialidad y los sentaron en cómodos sillones. Urgel les ofreció una copa de licor y en amena charla con su hija, ambos paladearon el extraño licor pero de exquisito sabor y aroma. Las partes interesantes de la plática fueron traducidas a Javier, como el hecho de que iniciaría sus clases de blésdor, en agradecimiento por la enseñanza del idioma español. A su vez, el joven respondió una pregunta respecto al trabajo que realizaba en la Tierra, explicación que tradujo en parte Kaeli, ya que varios tecnicismos no supo cómo expresarlos. Sin embargo, Urgel escuchó la traducción con mucha atención y hubo momentos en que deseaba hacer preguntas pero comprendió que sería inútil. Llegó la hora de retirarse, se despidieron y se dirigieron a sus habitaciones. Kaeli acompañó a Javier hasta su puerta. Para despedirse, dirigió a él una mirada sensual, se tomaron de las manos, las oprimieron con fuerza y ambos no supieron qué decir.

Javier se acostó y sus esfuerzos por conciliar el sueño resultaron infructuosos. Se revolvía en aquella extraña cama y varias veces encendió la pantalla reproductora de imágenes, pero al cabo de unos minutos la apagó, desesperado por no comprender qué era lo que veía. Estaba nervioso. Consultó su reloj y vio las 12:15. Unos minutos después, la puerta de su habitación se abrió y una silueta de mujer se dibujó en la penumbra. El muchacho reconoció la bella figura de Kaeli. La angelical mujer por la que Javier sintió una fuerte atracción desde la primera vez que la vio y que había jurado que jamás le confesaría el amor que le inspiró. Como impulsado por un resorte, se incorporó de la cama y fue al encuentro de la chica. Las manos de Kaeli se extendieron para estrechar las manos de su amigo. Estaba temblorosa y Javier la estrechó entre sus brazos. No pronunciaron palabra alguna. El joven intentó besar la boca de Kaeli. Por un momento ella dudó y suavemente quiso rechazarlo. Entre los extraterrestres no era costumbre rozar con los labios la piel de otro. Sin embargo, se dejó llevar por el deseo de su compañero, se miraron y finalmente unieron sus bocas en un beso dulce, largo y apasionado.

A la mañana siguiente, el joven enamorado se vistió de prisa y se dispuso a esperar a Kaeli. Salió de la habitación y tropezó con varios militares que en diferentes grupos murmuraban y daban muestras de nerviosismo. "¿Qué sucederá? —pensó Javier—, ¿qué será lo que conviene que haga?" Pensaba que seguramente había cometido una grave falta y sintió temor. "Nada puedo preguntar, porque no me entenderían. Lo mejor será que espere la llegada de Kaeli". Absorto en sus pensamientos, no se percató de que Urgel estaba junto a él y, al verlo, el muchacho se puso nervioso y sus mejillas se tiñeron de color rojo encendido. El padre de Kaeli, con señas, preguntó por su hija y Javier, casi tembloroso, señaló la habitación. Hacia allí caminó de prisa el científico. Con fuertes golpes llamó insistentemente en la puerta y ésta se abrió. Apareció la chica y con una enorme sonrisa dirigió la mirada a su padre. Urgel, con gran seriedad, le dijo unas palabras y se alejó. La joven vio a Javier y encontró su mirada ensombrecida y una honda preocupación, se acercó a él y le preguntó:

—¿No has visto en la pantalla la noticia? Ah, se me olvidaba, no la hubieras entendido. En tu planeta se hizo el anuncio de que la ONU ha fijado la fecha y hora en que desean escuchar el discurso de Tor. Mi padre me ha dicho que mi abuelo me espera de inmediato. Ven, vayamos a verlo —el semblante del joven se transformó, el nerviosismo lo hizo reír fuertemente, abrazó a la chica, la levantó en sus brazos y nuevamente la besó, sin percatarse de que varios extraterrestres miraban con sorpresa la escena y quedaban estupefactos.

—¡Vayamos! Me siento muy feliz, dijo Javier muy entusiasmado.

La entrevista con Zardú fue escasamente de dos minutos, tiempo suficiente para recibir la orden de trasladarse a la Tierra, porque al día siguiente debería acompañar a Tor al edificio de la Organización de las Naciones Unidas. No tardó mucho para que Arvik, acompañado de las dos aeromozas, estuviera en presencia de los jóvenes a fin de recibir instrucciones y llevar el equipaje a la nave satélite. A las dos de la tarde, de ese mismo día, la nave estaba suspendida sobre la casa de Eduardo para hacer entrega de los pasajeros. El viaje había sido muy tranquilo y los jóvenes no dejaron de reír, prodigarse caricias e iniciar la enseñanza de blésdor. A cada momento, Arvik escuchaba las explicaciones de su pasajera corrigiendo la pronunciación de Javier.

CAPÍTULO 17
El discurso de Tor

Enorme revuelo causó en San Blas la presencia del objeto volador en pleno día, que volvía trayendo a Kaeli y Javier. Numerosos vecinos de todas las edades y fotógrafos de prensa corrieron a la casa de Eduardo para contemplar aquella maravilla. La gente ya no sentía temor, las noticias se habían encargado de tranquilizar a la población, continuamente explicaban que la llegada de los extraterrestres no abrigaba peligro alguno. Allí permanecieron los curiosos hasta que la nave despegó y desapareció en el azul del cielo. Los pasajeros fueron recibidos con cariño y, al reunirse con sus padres, Javier confesó el amor que sentía por Kaeli. Eduardo y Luisa nada quisieron comentar, pero se resignaron y se mostraron tranquilos. Sólo Eduardo se limitó a preguntar a su hijo:

—¿Lo saben los padres de Kaeli?

—Aún no. Pero muy pronto lo sabrán —fue la respuesta escueta del muchacho. Y no hubo más comentarios.

Justo en esos momentos se presentó Tor Bulkan, el comandante de las fuerzas armadas de Blésdora, y dirigiéndose a Eduardo le informó:

—Como ya te habrás enterado, la ONU espera que mañana a las 12 en punto haga yo acto de presencia en el estrado de oradores. Ha impuesto la condición de que sólo admitirá en el salón de asambleas a tres personas. El Consejo de Ancianos me ha ordenado que esas tres personas seamos tú, Kaeli y yo, así que te suplico hagas tus preparativos para salir mañana a las 11:30. Terminado el acto, volveremos a San Blas de inmediato. Asimismo, el Consejo exige no responder las preguntas de nadie. Tor, por su parte, recomienda que sólo conviene decir que muy pronto se organizará una rueda de prensa. ¿Tienes alguna objeción?

—No.

—¿Alguna pregunta?

—Sí. ¿Debo hacer algo en especial?

—Nada. Solamente me honrarás con tu compañía dijo solemnemente y dirigió a su amigo una sonrisa de amistad.

Por la tarde, todos hacían preparativos para el día siguiente, cuando tres fuertes golpes sonaron en el zaguán, alguien debía tener prisa. Eduardo se disponía a ir a abrir cuando vio que Javier y Kaeli lo hicieron. La visita inesperada fue de Agustín Reyes, el amigo de Eduardo. Al abrirse la puerta, Agustín entró como huracán con la mano al cinto, donde llevaba su pistola de militar retirado y al encontrarse con el muchacho dijo, con voz fuerte y autoritaria:

—Javier, ¿qué está sucediendo? Me han dicho que descendieron extraterrestres en esta casa.

—Sí. Uno de ellos fui yo, coronel —dijo Javier con tono burlón—, y la otra extraterrestre fue esta jovencita.

Agustín miró a Kaeli, se sintió confundido y preguntó:

—¿Puedo ver a tu padre?

—¡Por supuesto! Pase, coronel, debe encontrarlo en su estudio.

El amigo de Eduardo se dirigió al estudio y a los primeros en hallar fueron Brok y Ordel, cuyos uniformes de gala examinaban. Su confusión fue en aumento, no supo si saludar o pasar de prisa y optó por lo segundo. Ignoraba que si hubiera saludado, ninguna respuesta habría obtenido.

Al llegar al estudio y encontrarse con su amigo, antes de saludarlo, le dijo:

—Creo que me debes una explicación y debe ser muy clara.

—Antes de dar respuesta a tu exigencia te diré, hola, coronel, me da gusto saludarte, ¿cómo has estado? —Agustín interrumpió las palabras de su amigo y se disculpó por su falta de cortesía. A continuación, Eduardo hizo una relación completa de los hechos que habían ocurrido desde la aparición de la "caja" en su jardín y terminó diciéndole que al siguiente día estaría en el edificio de la ONU acompañando a los extraterrestres.

—Mira, hermano, los amigos en el pueblo nos sentimos preocupados por la seguridad de ustedes, todos les envían saludos y debes saber que te apoyamos, y en cualquier momento puedes contar con nosotros. ¿Crees que conviene platicarles lo que está sucediendo?

—Sí. Dejo a tu criterio contarles aquello que consideres pertinente, ya no es necesario guardar ningún secreto.

Agustín notó la prisa de su amigo y se despidió, deseándole buena suerte en el "lío en que se había metido", y fue a buscar a Luisa para saludarla y a la vez despedirse. Ahora, tenía prisa por llegar al café de Conchita, donde los amigos lo esperaban, para presumirles que era poseedor de un importante secreto relacionado con la seguridad del mundo y tal vez del Universo.

El resto de la tarde fue tranquilo, en algún momento Tor vino a ver a Eduardo para solicitarle que ambos leyeran el discurso que pronunciaría al día siguiente. Así lo hicieron y durante un par de horas analizaron y corrigieron el documento hasta quedar satisfechos.

La pareja de enamorados, por otra parte, no se separó en ningún momento y siguieron con las lecciones de blésdor. Ordel estuvo presente y con entusiasmo ayudó a Kaeli en la tarea. Los tres disfrutaron del momento y se fortalecieron los lazos de amistad entre ellos.

Al día siguiente se sentía cierta tensión en el ambiente; Luisa, nerviosa, revisaba una y otra vez la ropa del marido. Varias veces insistió en planchar la camisa porque notaba alguna arruga. Todo quedó listo y exactamente a las 11:20 de la mañana llegó la nave y quedó flotando a unos 50 metros en espera de los pasajeros.

—Javier —dijo Tor, dirigiéndose al hijo de Eduardo—, sólo seremos admitidas tres personas, tu padre, Kaeli y yo, si deseas venir con nosotros tendrás que permanecer en la nave todo el tiempo.

—No. Gracias. Prefiero permanecer en casa.

—En caso de que la reunión no sea transmitida por televisión, podrás vernos en la pantalla del *shtolac.* ¿Sabes cómo operarlo?

—En parte, Kaeli me enseñó lo básico y estaré pendiente del evento.

Antes de colocarse Kaeli en la posición de ser levantada, pidió a Tor su documento, que guardó en un estuche, y después se dirigió a Javier y lo besó en la boca. Todos se quedaron perplejos y se miraron entre sí, había sucedido algo inesperado, sin embargo, guardaron silencio.

Veinte minutos de vuelo fueron suficientes para llegar a la ciudad de Nueva York y encontrarse sobre el Palacio del Secretariado de las Naciones Unidas. Desde la nave pudieron observar una gran multitud de personas en los alrededores del edificio. No era para menos, lo que presenciaban ahora los asistentes era un hecho histórico sin precedente, que tal vez no volvería a repetirse jamás. Frente a la gran construcción se había dejado un amplio espacio circular protegido por un doble cordón de policías, debidamente uniformados. Las primeras filas fueron ocupadas por centenares de fotógrafos y reporteros ávidos de noticias e imágenes. Desde el momento en que la nave se acercó a ese espacio, los centenares de cámaras fotográficas y de televisión no dejaron de funcionar. Suavemente descendió la nave hasta

llegar a una altura de 50 metros y allí quedó suspendida, ante la expectación de los asistentes maravillados que esperaban que la nave tocara tierra. Momentos después, tres pasajeros: una mujer impecablemente vestida con uniforme militar de chaqueta color blanco, pantalón azul y casco metálico con un escudo dorado, seguida por un hombre vestido con traje negro, a la usanza terráquea, y al final un militar elegantemente uniformado con los mismos colores de la mujer, descendieron de la nave flotando en el espacio. Al llegar a tierra, una comisión de hombres y edecanes salió al encuentro de los tres extraterrestres y los condujo al interior de un gran salón, donde se efectuaría una asamblea general de urgencia a la que asistirían todos los miembros, sin excepción. Quienes presenciaron la llegada de los extraterrestres observaron con curiosidad que de la nave salieron seis esferas muy brillantes de luz intermitente que comenzaron a girar en torno del objeto espacial, como electrones orbitando alrededor de un núcleo atómico.

Al entrar al recinto, los militares se quitaron los cascos y avanzaron hasta el sitio que se les indicó, tomaron asiento y cuando el presidente en turno hizo el anuncio de que el orador sería el señor Tor, proveniente del planeta Blésdora, una edecán se acercó a él y le señaló que pasara al estrado. Todos los asistentes, advertidos de que el discurso sería pronunciado en español, ajustaron sus auriculares para recibir la traducción simultánea con toda atención e interés.

Con la seguridad de un hombre que sabe que está respaldado por fuerzas armadas poderosas, paseó la mirada orgullosa durante unos segundos por toda la sala, abrió la carpeta que oportunamente le entregó Kaeli y con voz clara y firme, como corresponde a un militar, pronunció su discurso cuya síntesis es la siguiente: Comenzó pidiendo una disculpa por expresarse en español y agradeció el honor de haber sido invitado a esta asamblea, con el fin de traer un mensaje de salutación de los seres de su planeta. Se presentó como comandante supremo de las fuerzas armadas de Blésdora y dijo venir acompañado por el doctor Eduardo Morlet, el primer terráqueo que estableció contacto con ellos y que de no haber sido por él, jamás hubiera estado en condiciones de comunicarse con seres de la Tierra. Hizo saber que su compañera, Kaeli Ristorfel, era la nieta del honorable Zardú, miembro del Consejo de Ancianos. Nuestras naves, dijo, se encuentran estacionadas en su satélite, la Luna, en el planeta Marte y en Ganímedes, la mayor de las lunas del planeta Júpiter. Recalcó que su llegada no debía ser motivo de alarma ni constituía una amenaza para la población mundial. Formamos parte de una galaxia y somos testigos de que numerosas civilizaciones buenas y malas recorren el espacio con fines diversos; en consecuencia, cada vez es más necesaria la unión entre los seres convencidos de la bondad de la paz universal. A continuación, mencionó que por mucho tiempo recorrieron grandes distancias para llegar a este mundo, a fin de establecer vínculos de amistad y, además, puesto que tenían la convicción de que su civilización, por ser más antigua, les había permitido adquirir conocimientos científicos y tecnológicos más adelantados que los que poseían los habitantes de la Tierra, estaban en las mejores condiciones de ofrecerlos y compartir experiencias mediante un programa de intercambio bien estructurado. Para terminar, solicitó atenta y respetuosamente que se organizara una mesa de diálogo para sostener conversaciones que a la brevedad posible conduzcan a resultados satisfactorios. A nombre del Consejo de Ancianos agradeció la atención a sus palabras. Escuchó los aplausos de los asistentes, emocionados y puestos de pie. Bajó del estrado y una edecán lo acompañó al sitio en que estaban sus compañeros. La persona que presidió el acto agradeció la visita y las palabras del comandante Tor Bulkan, así como la visita de sus acompañantes y prometió que se sometería a estudio inmediato la solicitud de los habitantes de Blésdora. Algunos minutos después, conducidos por la misma comisión de recepción, abandonaron el edificio. Los elementos de seguridad de la nave, o sea las esferas de luz intermitente, se introdujeron por un orificio especial antes de que los pasajeros ascendieran. Aquella muchedumbre en ningún momento dejó de accionar sus cámaras deseosa de guardar un valioso recuerdo. La nave emprendió el vuelo y en segundos desapareció en el cielo.

CAPÍTULO 18
La invasión de periodistas

Por la tarde y noche, casi todos los diarios del país ocuparon las ocho columnas con la noticia del discurso. En varios artículos se leyó la pregunta: "Who is Eduardo Morlet?" Las agencias de noticias y los noticieros de radio y televisión más importantes dieron cuenta del suceso extraordinario del día, presentando numerosas imágenes. Ocioso resulta decir que se inició un gran esfuerzo por averiguar el sitio en que vivía Eduardo Morlet, así se sabría en qué lugar localizarían a los extraterrestres.

Al descender la nave en San Blas, Javier fue al encuentro del grupo, saludó a cada uno y nuevamente Kaeli lo besó en la boca. En ese momento, Tor se dirigió a la pareja y en tono serio y enérgico les dijo:

—Les agradeceré que nos reunamos porque deseo hablar con los dos.

Los enamorados se miraron muy extrañados y Javier se adelantó a Kaeli para decir:

—Estamos a tu disposición para cuando tú desees que charlemos.

—Ahora mismo, si no hay inconveniente —dijo Tor con marcada firmeza.

—Ningún inconveniente. Podemos ir, si está de acuerdo Kaeli.

—Sí —repuso ella—. Vamos.

Se reunieron en la habitación de visitas y Tor, dirigiéndose a la chica, le dijo:

—Me parece que ustedes se han enamorado y para mí esto es lo más natural. De ninguna manera me siento incómodo con su relación ni mucho menos pienso intervenir en ella; sin embargo, puesto que se trata de un asunto de seguridad que me incumbe, te suplico, Kaeli, que hables con tus padres y tu abuelo y me evites la molestia de hacerlo.

—Tienes toda la razón, Tor, y lo haré de inmediato —aceptó la chica con todo respeto a la investidura de su comandante.

—Gracias. Ah, otra cosa. Quiero que prepares algunos programas, noticias o algo interesante que debamos continuar transmitiendo por nuestro canal de televisión. Piensa en un plan y nos reuniremos para analizarlo. Si deseas continuar participando en ello, Javier, no tengo inconveniente alguno.

—Acepto con gusto —dijo el joven—. Agradezco tu confianza y procuraré ayudar aún más a Kaeli.

Los dos jóvenes se retiraron y Javier aprovechó el momento para preguntar a Kaeli:

—Me puedes explicar, ¿cómo fue posible que yo escuchara y viera el discurso de Tor en la pantalla del *shtolac*?

—Muy sencillo —contestó la chica sonriendo y añadió, mostrando una pulsera en el brazo izquierdo con un pequeño dispositivo—: ¿Ves esto? Es una cámara que capta imágenes, y mediante el transmisor que viene en este estuche se envían a nuestra nave.

—Cada vez me tienen ustedes más sorprendido —fue el comentario de Javier.

A las cinco de la tarde, de ese mismo día, sonaron en el zaguán varias llamadas con fuertes golpes. Ordel se dirigió a abrir la puerta y su sorpresa fue mayúscula: se encontró frente a un grupo numeroso de reporteros y fotógrafos, de muchos medios, que comenzaron a imprimir placas. De inmediato se inició un bombardeo de preguntas que Ordel, conociendo apenas el idioma, no entendió. Llegó Eduardo para ver quién los visitaba y los reporteros, al verlo, penetraron a la casa atropellándose unos a otros. En su ansiedad por ganar la noticia empujaron a Ordel y se abalanzaron hacia Eduardo, imprimiendo placas y al mismo tiempo descargándole una andanada de preguntas. Con toda calma, Eduardo se dirigió al grupo y con voz pausada les hizo saber que no respondería ninguna pregunta, que muy pronto se organizaría una rueda de prensa y que les agradecería salieran de su casa. Llegó Javier en ayuda de su padre y también pidió a la gente de la prensa que se retirara. Después de varios forcejeos y ayudados por el gigante Brok la puerta fue cerrada. Dos helicópteros de los canales de televisión circunvolaron por la casa y el pueblo, durante largo rato, y después se alejaron. La familia comenzó a sentir una fuerte presión de los medios y todos decidieron no volver a abrir el zaguán mientras no se supiera quién era el visitante. Los golpes en la entrada de la casa en ningún momento cesaron. Dos reporteros intentaron subir por la casa contigua, llegaron hasta el tejado, pero al ver la cara de pocos amigos de Brok, a quien tomaron fotos, huyeron del lugar temerosos de sufrir algún ataque.

Por la noche, los jóvenes pidieron permiso a Tor para utilizar el *shtolac* con objeto de comunicarse con los padres de Kaeli. Al llegar a la máquina, hallaron a Ordel en plática con su esposa y él mostraba signos de haber recibido una noticia importante:

—Yla ¡espera un hijo! —le comunicó a la pareja emocionado y con una gran sonrisa de orgullo y satisfacción.

—Yla es su esposa y éste será su primer hijo —murmuró Kaeli al oído de su compañero.

—Cuando termines tu plática me permites la máquina para felicitarla —le solicitó Kaeli.

La comunicación entre marido y mujer terminó, Kaeli y Javier felicitaron al afortunado futuro padre y se dispusieron a comunicarse con Urgel. Lograda la comunicación, la chica dio una explicación a su padre, de la que Javier entendió algunas frases y palabras sueltas, entre ellas el nombre del abuelo. La imagen de Urgel desapareció y unos segundos después apareció en la pantalla el anciano Zardú. Kaeli dio también a su abuelo una larga explicación y se produjo un intercambio de frases. Enojada, Kaeli se despidió de Zardú y cerró la máquina.

—Vamos con Tor —dijo a Javier, sin agregar palabra.

El joven comprendió que el asunto no tenía buena cara y no se atrevió a hacer preguntas.

Kaeli le informó al comandante que el abuelo le urgió a presentarse en su nave, de ser posible esa misma noche si él autorizaba su ausencia, y para ello debería comunicarse con Zardú. Tor no supo disimular su desagrado, porque la partida de la chica trastornaba sus planes de transmisión de propaganda por el canal de televisión.

—Hablaré con tu abuelo y le pediré que te marches mañana por la noche; mientras tanto, conviene que platiques con Ordel para que tome tu lugar en la producción del material a ser transmitido.

—Bien —contestó la chica y la pareja se retiró para ir en busca de Ordel.

Desde muy temprano del día siguiente, San Blas se vio invadido de numerosos reporteros y fotógrafos que llegaron, unos por automóvil, otros por autobuses y camionetas especiales y varios en helicópteros. Las jovencitas que atendían la cafetería de doña Conchita no se daban abasto para atender a los clientes y su trabajo se dificultaba aún más porque no entendían las órdenes dadas en inglés. Las fonditas del mercado estaban atestadas y la clientela, puesta de pie, se conformaba con cualquier taco y un jarrito de café, de chocolate o de atole; los más afortunados alcanzaron

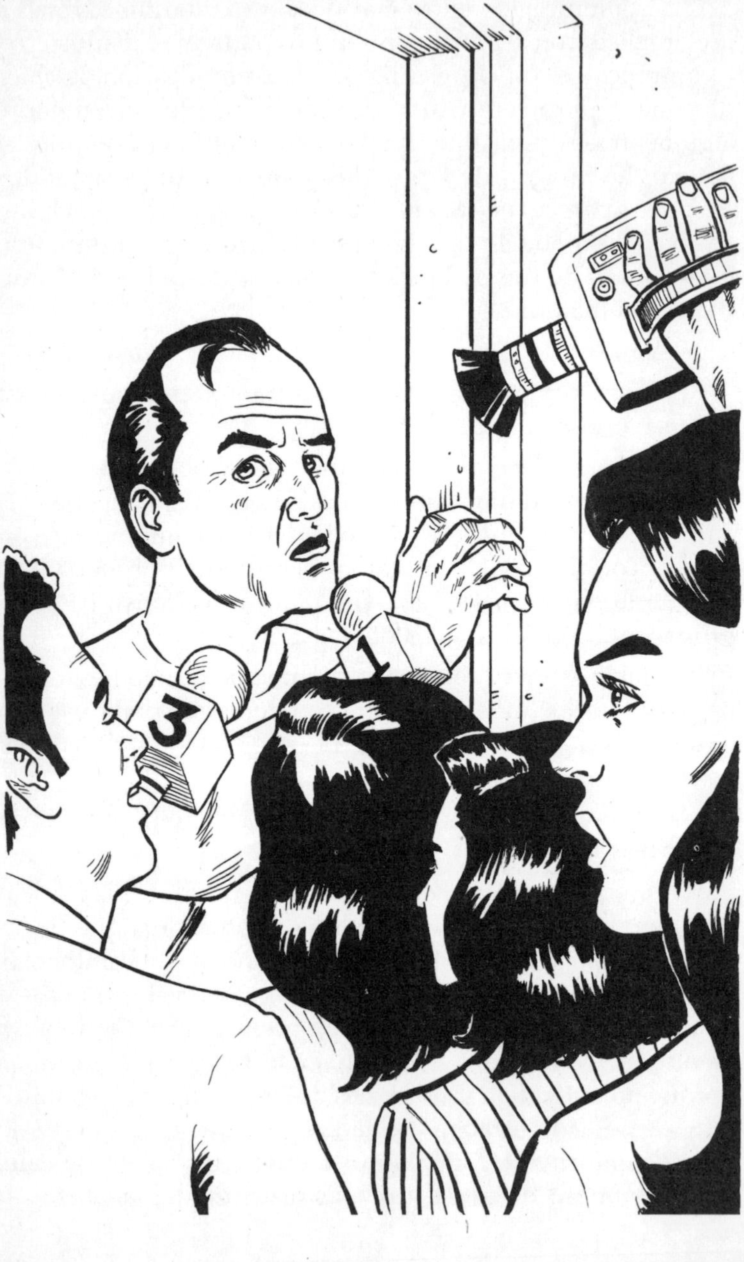

tamales y pan dulce. En San Blas rara vez se recibía la visita de extranjeros y muchos de los vecinos veían con curiosidad y asombro caras con ojos rasgados. Puesto que era imposible hallar habitación en los cuatro pequeños hoteles de San Blas, algunas familias se animaron y alquilaron un cuarto en su casa y no faltó quienes improvisaran casas de campaña para pernoctar al aire libre o en el interior de sus vehículos. En fin, aquello se convirtió en un pandemonio.

El asalto a la casa de Eduardo no se dejó esperar. Los fuertes golpes y empujones al zaguán estaban a punto de derribarlo, el teléfono no dejaba de repiquetear. "¿Qué hacer ahora? —pensaba la familia Morlet— ¿Permanecer silenciosos o dar la cara?" Los extraterrestres se mostraban confusos y se limitaron a ser simples espectadores esperando que Eduardo tomara la iniciativa. Sin embargo, Tor, extrañado por la insistencia grosera de los periodistas, preguntó a Javier por ese comportamiento. El muchacho explicó:

—Existe el llamado derecho a la información y la libertad de prensa, entonces, protegidos por esas banderas, los periodistas se permiten toda clase de abusos y, desafortunadamente, existen reporteros faltos de ética que, en su afán por ganar noticias, echan mano de todo, incluso recurren al chantaje y a la mentira. Nadie se atreve a oponerse a ellos. Y, cuidado, porque el sensacionalismo es un elemento que utilizan para incrementar las ventas de su publicación. La prensa tiene un gran poder en nuestro mundo.

Con esta explicación, Tor sólo abrió las manos, arqueó las cejas, levantó los hombros y dijo:

—Imposible que esto se permitiera en Blésdora, donde el respeto debe prevalecer en todos nuestros actos.

Los golpes al zaguán continuaban. Otra vez hubo un intento por subir al tejado desde la casa de un vecino y nuevamente Brok tuvo que mostrar su cara amenazadora. Javier recordó que tanto el Presidente de la República como el gobernador del estado se habían comunicado con ellos para ofrecerles todo tipo de ayuda; decidió entonces llamar al alcalde del pueblo y solicitarle el auditorio de la ciudad y el auxilio de la policía, incluso del Ejército. Logrado esto, mediante el megáfono, que desde niño utilizaba como juguete, se anunciaría que a las 12 del día se ofrecería una conferencia de prensa. No habiendo otra solución, se procedió a seguir la idea de Javier. Rápidamente fue en busca del aparato, lo halló, lo probó, trajo una escalera y subió al tejado de la casa. Desde allí hizo el anuncio tanto en español como en inglés y lo repitió varias veces.

Después de la tempestad viene la calma, aunque en este caso una calma relativa. Todos los interesados en captar como noticia lo mejor del suceso consultaron sus relojes y comenzaron a alejarse en dirección del centro del pueblo, a fin de ganar un buen sitio en el auditorio.

Faltaban 10 minutos para las 12 cuando el automóvil de Eduardo salió de la casa llevando a los extraterrestres. Los seis ocupantes del vehículo, incluido Javier, llegaron al auditorio y, protegidos por varios policías y miembros del Ejército, penetraron con dificultad al amplio salón repleto de gente. Las cámaras fotográficas comenzaron a ser disparadas. Los destellos de los flashes obligaban a cubrirse los ojos con las manos. En el foro de aquel teatro se había instalado una mesa cubierta con un paño verde y varias sillas. El alcalde esperó la llegada de los visitantes, saludó de mano uno a uno y los invitó a subir al foro. Él, por supuesto, eligió la silla central. Los extraterrestres se miraban entre sí sin saber qué iba a suceder.

El alcalde tomó la palabra e improvisó un discurso donde cometió varios yerros, llamó a Eduardo "hijo preclaro de la revolución y precursor de los viajes por el Universo" y a los extraterrestres "visitantes de Júpiter, un planeta que está más lejos que la Luna". Recibió algunos aplausos, más por cortesía que por haberlo entendido, e invitó a los reporteros a hacer preguntas. Todos levantaron la mano. Eduardo señalaba al que le parecía mejor, recibía la pregunta y tanto él como Javier actuaban de intérpretes. "¿Cuál es el objetivo que persiguen con su visita?" "¿Cuántas naves llegarán a la Tierra?" "¿Tienen armas poderosas capaces de destruir nuestro planeta?" "¿Qué conocimientos piensan intercambiar?" Las respuestas de Tor giraron en torno al deseo de integrar una mesa de diálogo donde se establecieran las bases y condiciones de un acuerdo. Cuando consideraron que era suficiente, y como dijo Eduardo: "Llegó la hora de comer", dieron por terminada la sesión y no aceptaron más preguntas. Sintiéndose hartos y cansados, se despidieron, agradecieron al alcalde sus atenciones y se marcharon, aunque el automóvil avanzaba con gran dificultad. Al llegar a la casa, notaron que estaba rodeada por numerosos soldados enviados para su protección y se sintieron más tranquilos.

Llegada la noche, la nave descendió para esperar el ascenso de Kaeli. La chica se despidió de Eduardo y de Luisa con lágrimas en los ojos. Abrazó y dio un beso a Javier y subió a la nave donde Arvik la esperaba.

CAPÍTULO 19
Regreso feliz

Tres días habían transcurrido desde la partida de Kaeli y en ese lapso varios acontecimientos sucedieron que son dignos de contar. Eduardo recibió la oferta de una importante revista extranjera que, según dijo a su familia, le pagaría una suma muy elevada en dólares por publicar fotografías y entrevistas con los extraterrestres.

—Vas a hacerte millonario, jefe —le dijo Javier con tono burlón.

Pero él contó a la familia que la había rechazado diciendo—: "Jamás lucraré con la noticia". Su hijo insistió y llegó a decirle que no se imaginaba las oportunidades que ahora tenía para impartir conferencias en muchas de las universidades extranjeras y alcanzar un gran prestigio.

—No tengo necesidad de ello, soy viejo y me importa más la tranquilidad de mi familia y la paz que disfruto en este pueblo. A mi edad, querer ser muy rico me parece una tontería.

—Pues si me lo permiten los extraterrestres, yo sí tengo deseos de escribir un artículo sobre mi visita a la nave y mi viaje por el espacio.

—Pregunta a Tor, pero mi opinión sería que esperaras hasta ver cómo vienen las cosas, porque existe la posibilidad de que incurras en alguna indiscreción.

Eduardo estuvo en comunicación constante con sus otros tres hijos para explicarles el desarrollo de los acontecimientos y al mismo tiempo tranquilizarlos. Ellos le confesaron que habían negado el parentesco con él, porque materialmente se habían visto acosados por amigos, reporteros, compañeros y vecinos que no los dejaban vivir en paz.

Javier se pasó el tiempo triste, suspirando por su amada y esperando que ella entrara en comunicación con él. Aceptó gustoso el ofrecimiento de Ordel de continuar enseñándole blésdor a cambio de lecciones de español, y así la amistad entre ambos se fue acrecentando. Con dificultad y casi a señas le llegó a preguntar si creía que prohibirían su relación con Kaeli. Ordel entendió la duda de Javier y le explicó que entre ellos, las mujeres tenían toda la libertad de escoger a su compañero. Le aconsejó que tuviera paciencia.

Tor llamó a Javier para pedirle una muestra de su sangre, que solicitaban en la nave base. El joven dejó que se la extrajeran y de inmediato fue enviada. Por fin, a la tercera noche, Kaeli se comunicó con él y le explicó que todo marchaba bien, su caso había pasado a estudio del Consejo de Ancianos, que sus padres y su abuelo habían aceptado la relación, condicionada a la aceptación del Consejo, pero que ignoraba si se había tomado alguna decisión, así como la fecha de su regreso a la Tierra. Con ternura le aconsejó que deberían tener calma y confianza. Javier aceptó las cosas con forzada tranquilidad y no tuvo más remedio que resignarse. Por otra parte, no obstante que toda la familia estaba decidida a no salir de casa y tuvieron que recurrir a los amigos para obtener del mercado los comestibles, Javier se vio obligado a aceptar la visita de sus amigos Edmundo, quien había regresado de su luna de miel, y Enrique, que ya se encontraba en el pueblo.

Llegó el momento en que los noticieros y diarios de todo el mundo informaron que la ONU, a través del Consejo de Seguridad, sostendría pláticas con los visitantes del planeta

Blésdora. Se estableció la fecha y la hora para la reunión en una mesa de diálogo.

Tres personajes llegaron hasta la casa de Eduardo, se identificaron debidamente, fueron recibidos y entregaron una invitación oficial de la que eran portadores; en ese documento se señalaba la fecha y la hora, así como la especificación de que sólo podrían asistir tres personas. Tor se comunicó de inmediato con Zardú y se comenzaron a hacer los preparativos, ya que sólo faltaban dos días para la fecha señalada por la ONU. Al día siguiente, oficialmente se comunicó a Tor que el Consejo de Ancianos había señalado que los participantes serían Zardú, Eduardo y él.

Como casi siempre sucede, la nave estaba pasando de moda: al llegar a San Blas sólo llamó la atención de pocos de los habitantes, quienes observaron que del vehículo espacial descendió un pasajero y otros tres ascendieron antes de que levantara el vuelo. La persona que había descendido era nada menos que Kaeli y a Javier se le alegró el corazón, reconoció que era una gratísima sorpresa, no dejaron de abrazarse y besarse con más pasión que nunca. Estaban muy alegres por su reencuentro. Ordel se unió a la pareja y festejó la llegada de su amiga.

Como supondrán los lectores, los tres pasajeros que recogió la nave fueron Eduardo, Tor y Brok. Al llegar a la nave, el primero de ellos fue presentado por Tor a Zardú. Algunas palabras dijo que Eduardo no entendió, pero cuya traducción de Tor fue la bienvenida y el reconocimiento por todos los favores que habían recibido de su parte. Antes de invitarlo a tomar asiento, hizo una señal a uno de sus ayudantes y enseguida le fue traído un estuche. Zardú lo abrió y extrajo un grueso collar de oro, del cual pendía un medallón del mismo metal. Al tiempo que lo colgaba del cuello de Eduardo, pronunció varias palabras cuya traducción fue que a nombre del Consejo de Ancianos era para él un honor hacerle entrega de esa presea como reconocimiento a los servicios prestados al pueblo blésdor. Eduardo agradeció el presente y señaló que seguramente se presentarían oportunidades de portarlo con legítimo orgullo. Tomaron asiento y a una señal del anciano la nave emprendió el vuelo.

CAPÍTULO 20
La mesa de diálogo

Al llegar a la ciudad de Nueva York, la nave no había pasado de moda, varios cientos de periodistas y fotógrafos, ávidos de noticias, así como una gran multitud esperaban el vehículo espacial con ansias. Todos aguardaban noticias importantes para el mundo.

Nuestro amigo Eduardo, junto con Zardú y Tor, fueron recibidos en un gran recinto donde, sentados en torno a una mesa, se hallaban 15 personajes. Los visitantes fueron invitados a tomar asiento y las puertas del recinto se cerraron, impidiéndose el acceso a toda persona ajena a la reunión. La persona que fungía como presidente tomó la palabra e informó a los recién llegados que estaban siendo recibidos por el Consejo de Seguridad de la ONU, entre quienes se hallaban presentes los cinco miembros permanentes: China, Estados Unidos, Rusia, Francia y el Reino Unido, así como 10 miembros electos por la Asamblea General.

Siguió explicando que el Consejo de Seguridad es el órgano de las Naciones Unidas cuya responsabilidad primordial es el mantenimiento de la paz y la seguridad. Todos los Estados miembros están obligados a aceptar y cumplir las decisiones del Consejo. El Consejo ha establecido tribunales penales internacionales para enjuiciar a personas acusadas de violaciones graves del derecho humanitario internacional, incluido el genocidio, y tiene la responsabilidad primordial de mantener la paz y la seguridad internacionales.

Algunas de las funciones y poderes del Consejo de Seguridad, continuó diciendo, son:

1. Mantener la paz y la seguridad internacionales de conformidad con los propósitos y principios de las Naciones Unidas.
2. Investigar toda controversia o situación que pueda crear fricción internacional.
3. Elaborar planes para el establecimiento de un sistema que reglamente los armamentos.
4. Determinar si existe alguna amenaza a la paz o un acto de agresión y recomendar qué medidas se deben adoptar.
5. Emprender acción militar contra un agresor.

Terminó diciendo que la ONU estaba en las mejores condiciones de organizar la mesa de diálogo y las negociaciones que habían solicitado. Sin embargo, agregó, se tomó la resolución de que el paso inicial y condición para la iniciación de pláticas, debía ser que los visitantes de Blésdora tenían que aceptar que una comisión de expertos militares y científicos efectuara una inspección en sus naves, con objeto de investigar si las armas que traían eran de destrucción masiva. Al terminar su intervención, les concedió el uso de la palabra.

A medida que el presidente hablaba, Tor iba haciendo la traducción al oído de Zardú y al culminar el discurso se quedó estupefacto, no esperaba una exigencia de esta naturaleza. Zardú ni siquiera parpadeó, permaneció tranquilo como si no hubiera comprendido la exigencia. El militar solicitó intercambiar opiniones con el anciano. Durante unos minutos hablaron en su idioma, al cabo de los cuales levantó la mano para indicar que estaba listo para dar una respuesta. El presidente le concedió la palabra.

Tor comenzó diciendo:

—Hemos venido a este planeta con el único propósito de ayudar y brindar nuestros conocimientos técnicos y científicos. A esta reunión llegamos con el deseo de comenzar a ofrecer la descontaminación de sus mares, ríos, lagos. Para ofrecer también la tecnología relativa a la generación de energía eléctrica, no dependiente del petróleo ni del viento ni del vapor. Creemos que los procesos de fabricación de metales especiales de dureza mayor que el acero y el titanio, y otros metales, conviene que sean de su conocimiento. Podemos enseñarles cómo es posible contrarrestar la atracción gravitacional a fin de transportar cargas muy pesadas por un solo hombre. Todo esto, y mucho más, a cambio de un pequeño espacio de 15 kilómetros cuadrados, en cualquier lugar de la Tierra, donde nuestras familias encuentren descanso de su largo viaje. Sin embargo, estamos siendo recibidos con frialdad y menosprecio. En las palabras de la persona que preside esta reunión hallamos una absoluta falta de interés y hasta cierta amenaza —dio una palmada en la mesa y continuó, levantando la voz—; por ningún motivo aceptaremos semejante inspección, porque eso lastimaría nuestra dignidad, nos haría sentir como malhechores que hurgan en sus bolsillos tratando de encontrar armas amenazadoras. ¡No! Están equivocados si pretenden imponernos su autoridad —volvió a dar otra palmada en la mesa y agregó—: En esta reunión ha habido una absoluta falta de tacto diplomático y las palabras del presidente constituyen una afrenta. Antes de retirarnos queremos dejar constancia de que hemos venido en son de paz y de concordia. Pido una disculpa por mis exabruptos —sin esperar nada más, los tres se pusieron en pie y abandonaron el salón.

Abordaron la nave sin contestar las preguntas que a gritos les dirigían los reporteros. En el trayecto a San Blas no hubo intercambio de opiniones, pero en todos se notaba una enorme desilusión y desconcierto, la reunión a la que habían sido invitados no era lo que esperaban. Habían sido defraudados. Se sentían confundidos y, de momento, no sabían qué hacer. La nave llegó a su destino, dejó a tres de sus ocupantes y se alejó con rumbo a la nave de Zardú.

Al día siguiente, los principales diarios publicaron la noticia del fracaso de la reunión; los numerosos artículos informaban que los extraterrestres constituían una amenaza para el planeta. "Seguramente poseen armamento de destrucción masiva y por esa razón se han negado a ser inspeccionados. No aceptaron porque sus intenciones son peligrosas. Además, pretenden que los habitantes de la Tierra cedan una parte de ella para traer a su ejército. Ofrecen el uso de la energía nuclear en vez del petróleo y esto ha demostrado la peligrosidad, como en el caso de Chernobyl. Lo más grave —recalcaron— es la fabricación de metales. ¿Qué sucedería a las economías del mundo si se fabricara con facilidad y a bajo costo el oro?"

Por otro lado, las grandes y poderosas empresas petroleras comenzaron a manifestar su preocupación en el Congreso, a través de la voz de varios senadores. Recomendaron no aceptar de los extraterrestres el conocimiento del uso de energía no basada en el petróleo, ya que millares de obreros tendrían que ser despedidos. Las empresas de servicio de transporte de carga rechazaron también la idea de llegar a aceptar la aplicación de un sistema antigravitatorio para que un solo hombre fuera capaz de transportar toneladas de carga. "¿Qué sería de nuestros barcos, ferrocarriles y aviones?" Asimismo, se discutió la inconveniencia de eliminar las actuales centrales hidroeléctricas y que cada usuario pudiera disponer de electricidad sin pagar ni un centavo.

En cambio, hubo muchas voces que se manifestaron a favor de aceptar de los extraterrestres los nuevos conocimientos científicos y tecnológicos. "Ya no sería necesario invertir recursos en la investigación de esos procesos. La investigación puede dirigirse a otro tipo de problemas: el cáncer, el sida. Si se adquirieran las nuevas tecnologías, se estudiaría la manera de aplicarlas paulatinamente sin causar perjuicio. Entonces, ¿por qué no aceptar sus conocimientos?"

Algunas fábricas de juguetes empezaron a vender con mucho éxito cinturones de vuelo.

Las mafias de varios países se hacían las preguntas: "¿En cuánto se podrá vender un *grolac*? ¿Cómo podríamos conseguir alguno?"

Ante el cúmulo de noticias publicadas por la prensa y los comentarios negativos dados por televisión, Tor aconsejó a Kaeli que comenzara a informar con exactitud: que ofrecían la descontaminación de las aguas, el uso de una nueva energía no peligrosa y de bajo costo, una solución al problema de transporte de cargas muy pesadas, el uso de dispositivos de transportación personal por el aire y los procesos de fabricación de metales. Debería hacer énfasis en que pedían a cambio solamente una pequeña zona de 15 kilómetros cuadrados para procurar a sus familiares un sitio de descanso ante su largo y penoso viaje.

Los diarios chinos, así como las estaciones de radio y los canales de televisión, dieron la noticia de que su gobierno estaba interesado en una demostración del poder de las armas extraterrestres y en la descontaminación de algún lago, por ejemplo, el lago Tung Tin, que se encuentra en las cercanías de la ciudad Changcha. "La condición para que la prueba se realice con las armas no debe afectar al planeta en lo más mínimo." Estas demostraciones permitirán a China proseguir con el estudio de la solicitud hecha por los extraterrestres.

Tor dio instrucciones para que se difundiera de inmediato el mensaje de que aceptaban la idea china. "Haremos los preparativos necesarios y en unos días comunicaremos de qué manera haremos la demostración del poder de nuestro armamento. Por otro lado, es necesario que establezcamos pláticas con objeto de iniciar los preparativos para la descontaminación del lago."

CAPÍTULO 21
Comienza la barbarie

El reloj de la torre de San Blas marcaba las 10 de la noche. Casi todos descansaban cuando el silencio fue interrumpido por el ruido de un motor de helicóptero. Sin embargo, nadie concedió importancia al hecho, ya que se habían acostumbrado a ese ruido por los muchos aparatos similares que habían estado yendo y viniendo con periodistas. El helicóptero aterrizó en un terreno baldío cercano a la casa de los Morlet y de éste descendieron siete hombres, siete soldados con uniforme de campaña perfectamente pertrechados. Parecía que acudían a una misión de guerra, provistos de cascos, anteojos especiales para vista nocturna y poderosas armas. Al amparo de la oscuridad se acercaron lentamente a la casa de los Morlet mirando en todas direcciones. Rápida y silenciosamente, eliminaron a los tres centinelas apostados afuera de la casa. En el interior reinaba la más completa tranquilidad; los tres amigos: Kaeli, Ordel y Javier, salieron de la huerta. La noche, sin Luna, era muy oscura, parecía un mal presagio. Al llegar al jardín, los tres amigos se despidieron, Javier besó a Kaeli y cada uno se marchó a su habitación. De pronto, sonaron fuertes golpes en el zaguán y, no obstante, que las llamadas a esa hora eran cosa extraña, Kaeli, la más cercana a la puerta, imprudentemente se apresuró a abrir para recibir a algún posible visitante, sin pensar que a esa hora se tratara de un latoso reportero.

Un fuerte grito de auxilio, pronunciado en blésdor, salió de la boca de la chica, y Ordel, seguido de Javier, corrieron en auxilio de Kaeli. De una de las armas de los militares salió una ráfaga de fuego y los dos amigos cayeron. El muchacho sangraba abundantemente y de las heridas de Ordel fluía un líquido amarillo verdoso. Segundos después, llegaron Tor y Brok para investigar lo que estaba sucediendo. Encontraron en el suelo a los heridos. Tor daba algunas órdenes a Brok cuando hicieron su aparición Eduardo y Luisa en ropas de dormir. Tor condujo a los heridos con todo cuidado: Ordel al cuarto de visitas y Javier a su habitación. Luisa, sumamente preocupada, gritó a su marido que llamara de inmediato al doctor Rivera, el médico de la familia, y corrió a buscar sábanas y vendas. El comandante dejó a los heridos al cuidado del matrimonio y se dirigió al *shtolac*, accionó varias teclas y dio algunas órdenes. Javier se encontraba sin sentido, muy pálido y sangraba abundantemente del brazo derecho y de la cabeza. Luisa, nerviosa, lloraba y con delicadeza procuraba evitar que continuara sangrando su hijo.

Unos 30 minutos habían transcurrido desde el ataque a la casa y el doctor Rivera no aparecía, Eduardo insistía por el teléfono y en la casa reinaba la desesperación. En ese momento todos identificaron el zumbido conocido de una nave espacial que quedó suspendida arriba de la casa. De la nave descendieron dos mujeres, posiblemente enfermeras, y cuatro hombres portando camillas plegables. Después de examinar a los heridos se produjo un intercambio de palabras entre los extraterrestres y Tor informó a los Morlet que, salvo la decisión de ellos, lo más conveniente sería trasladar a los heridos a la nave base para su atención inmediata, al mismo tiempo les aseguró que tuvieran confianza, ya que sus médicos tenían una gran experiencia y contaban con equipos aún no desarrollados en la Tierra. Aunque en un principio Luisa se opuso, optaron por aceptar, al reconocer que el pueblo, carente de buena atención hospitalaria, no estaba

en condiciones de ofrecer a los heridos los cuidados adecuados. Javier y Ordel fueron llevados a la nave y momentos después emprendió el vuelo ante la preocupación de Luisa.

Brok, luego de recibir las órdenes de Tor, salió disparado tras el helicóptero al que minutos después divisó en medio de la oscuridad y, cumpliendo las instrucciones, lo siguió a una distancia prudente, procurando no ser visto en ningún momento, hasta lograr el rescate de Kaeli e investigar el lugar adonde el aparato se ocultaría.

Cuatro horas duró la persecución del helicóptero que voló con dirección norte. Descendió en un pequeño aeropuerto y de inmediato fue ocultado en un hangar. Brok se situó a una distancia de unos 200 metros y esperó el momento oportuno para iniciar el posible rescate de Kaeli.

Con un valor sereno, pese a la peligrosidad de los asaltantes que no dudaban en usar sus armas, sigilosamente se fue acercando al hangar llevando en la mano su *grolac*. Una de las anchas puertas del hangar se abrió para dar paso a un automóvil que salió con tres pasajeros. Brok apuntó al auto con su *grolac*, accionó un botón y nada se vio que saliera del arma; sin embargo, el automóvil se detuvo bruscamente y unos segundos después comenzó a ascender hasta alcanzar la altura de unos 40 metros, donde quedó suspendido en el aire ante el asombro y terror de sus ocupantes. Brok se elevó, llegó hasta las ventanillas del vehículo y descubrió que Kaeli no era uno de los pasajeros. Los hombres en el interior del vehículo intentaron usar sus armas, pero Brok nuevamente usó el *grolac* y los ocupantes del vehículo se desvanecieron. Descendió y se dirigió a la puerta del hangar que estaba custodiada por dos soldados. Brok accionó nuevamente su arma y los hombres se desplomaron sin pronunciar palabra. Abrió cuidadosamente la puerta, entró y caminó pegado a los muros del recinto, acercándose lentamente al sitio de donde provenían varias voces. Al llegar al lugar, miró a Kaeli atada a una silla y tres soldados la custodiaban. No tardó Brok en hacer que los tres militares corrieran la misma suerte de sus compañeros; rodaron por el suelo. Se acercó a la chica, miró que de su boca fluía líquido amarillo verdoso y había perdido el sentido. Su cinturón de vuelo le había sido arrebatado y no lo vio por ningún sitio. Desató a Kaeli y el gigante hercúleo la levantó como si fuera una pluma. Salieron del hangar. Con el brazo izquierdo la tomó por la cintura y alzaron el vuelo en el momento en que varios vehículos se acercaban. Sus ocupantes no se percataron de la huida de los extraterrestres.

Comenzaba a aclarar el día cuando Brok, con su preciada carga, llegó a San Blas. Tor dio a Kaeli los pormenores del ataque, le informó que su *grolac* había sido desactivado y que en unas horas quedaría totalmente inutilizado. Recalcó la mala noticia de los heridos. Sin esperar más, la chica corrió al *shtolac* con la idea de obtener más información.

Los primeros rayos del sol hicieron su aparición en el jardín de la casa de los Morlet. Luisa y Eduardo fueron en busca de Tor para tener noticias de su hijo. El rostro de la mujer mostraba huellas de la aflicción que la embargaba y sus ojos enrojecidos revelaban que habían pasado la noche en vela. Kaeli salió al encuentro de ella, la abrazó y le comunicó que Javier tenía una herida en el brazo derecho y otra en la cabeza, que afortunadamente no tenía graves consecuencias porque el proyectil no había penetrado en el cráneo; en cambio, los médicos luchaban por salvar la vida de Ordel, quien de cierta manera había sido el escudo del muchacho y recibió directamente varios impactos. Luisa sintió un gran alivio, aunque lamentó la situación del otro joven al recordar que muy pronto iba a ser padre, por primera vez. Tor se reunió con el grupo y pidió que lo acompañaran al estudio, donde convendría que se hiciera un análisis de los trágicos sucesos de la noche. Al llegar al estudio y tomar asiento, Tor pidió disculpas a la familia por no haber tomado todas las medidas de seguridad, debido a que jamás llegó a pensar que se produciría un hecho de tal naturaleza; había confiado ciegamente en la bondad de los terráqueos.

—Me duele pensar que estaba totalmente equivocado —expresó con énfasis—. Existe un gran riesgo para la familia Morlet y no puedo permitir que algo malo llegue a sucederles. Soy responsable de su seguridad y debo actuar de inmediato. He pensado en solicitarles su autorización a fin de instalar un escudo protector a la casa. Si me preguntan en qué consiste, les diré que su hogar puede quedar resguardado de cualquier asalto o del ataque de todo tipo de arma mediante un campo de fuerza. Nadie podrá tener acceso a la casa mientras no se desactive el escudo. Todos los que estén en el interior pueden salir libremente en el momento en que lo deseen, las llamadas telefónicas no son interferidas; en cambio, nada puede entrar a la casa sin desactivar la protección. Colocaré un hombre al cuidado del interruptor que active y desactive el campo, vigilando las 24 horas. Repito, solicito su comprensión y les ruego me permitan poner en marcha este dispositivo de seguridad para la mayor tranquilidad de ustedes.

Después de meditarlo e intercambiar opiniones, el matrimonio aceptó la sugerencia de Tor.

Al día siguiente, la prensa estadunidense publicó fotografías del automóvil suspendido en el aire y se informó que, afortunadamente, no llevaba pasajeros. Se ignoraban las razones que motivaron a los extraterrestres a llegar hasta ese lugar para dejar esa muestra de su poder y malas intenciones. Nada se mencionó sobre los soldados que hubieran participado en alguna acción. Los extraterrestres, por su parte, desmintieron la noticia.

CAPÍTULO 22
La tragedia se viste de luto

No había transcurrido una semana cuando Kaeli, con lágrimas en los ojos, comunicó a sus compañeros y al matrimonio Morlet la triste noticia de que su compañero, muy querido, Ordel, acababa de fallecer. Pidió permiso a Tor para asistir a las honras fúnebres y a hacer compañía a Yla, la viuda del desaparecido, quien se hallaba en la más honda aflicción. Obtuvo la autorización, se pidió la nave y ese mismo día se trasladó a la nave de su abuelo Zardú. Todos lamentaron la pérdida de ese valioso y carismático joven, lleno de vida, de gran sensibilidad y que siempre vivió con la esperanza de ver el nacimiento de su primer hijo.

Kaeli llegó a la nave base y de inmediato se dirigió a buscar a Yla. Al verla, las dos bellas jóvenes se abrazaron y sus ojos no dejaron de derramar gruesas lágrimas. En el interior de la nave se respiraba tristeza y al mismo tiempo odio y deseos de venganza. Grupos de extraterrestres comentaban los últimos hechos y la agresión que habían recibido, continuamente se escuchaban voces irreflexivas: "Atacaremos, esto no puede permitirse". "Llegamos a un planeta de bárbaros, de criminales que merecen una lección que no deben olvidar". Sin embargo, los ánimos poco a poco se fueron apaciguando y se hicieron los preparativos para rendir un homenaje al hombre sacrificado y proceder a la incineración del cuerpo.

Kaeli dejó a su amiga Yla y se dirigió en busca de Javier. Llegó al hospital de la nave donde fue recibida por el médico principal. Fue conducida hasta la habitación donde Javier descansaba cómodamente en un sillón bajo una lámpara de luz especial. Al encontrarse, los ojos de los dos jóvenes se llenaron de felicidad. Con dificultad, apenas se abrazaron, impedidos por el cabestrillo que el muchacho debía usar, una venda cubría parte de su cabeza. Tomados de las manos platicaron largo rato y Javier supo del desgraciado desenlace del secuestro de su amada.

En una sala especial, apenas iluminada, reposaba el cadáver de Ordel, perfectamente uniformado de gala, tendido en una mesa angosta cubierta con tela azul. En los muros se veían extraños símbolos metálicos, escudos y numerosas figurillas de oro, de exquisito gusto, que algo representaban pero Javier no supo qué. Una gruesa cortina con bordados de hilo dorado cubría el muro trasero del salón. En la primera fila de sillas se hallaba Yla, acompañada por varias personas, y hacia allí Kaeli condujo a Javier. El muchacho tocó el hombro de Yla, con el brazo izquierdo, y la besó en la mejilla sin pronunciar palabra. Poco a poco el salón se llenó de gente y quienes llegaban saludaban con respeto a la viuda. De pronto hizo su aparición Zardú. Todos se pusieron de pie. El anciano pronunció algunas palabras. Reinaba el más profundo silencio cuando se descorrió la pesada cortina y dejó ver una pequeña puerta metálica. El cadáver de Ordel se llevó al interior de aquel horno crematorio. La puerta se cerró. Todo mundo esperó varios minutos hasta que una luz azul se encendió. La ceremonia de despedida de aquel joven a quien todos le tenían en gran estima había concluido.

—¿En tu planeta se incineran también los cuerpos de las personas que han fallecido? —preguntó Javier.

—La incineración es un recurso que utilizamos en nuestras naves porque no disponemos de tierra, pero en Blésdora sabemos que la costumbre era sepultar los cuerpos. Además, nosotros creemos en la reencarnación.

—¿Por qué? —preguntó el joven muy interesado en el tema.

—Pensamos en que si se nos concede vivir sólo una vez, sería una injusticia en que haya personas que gozan de salud, riqueza y felicidad y otras que carezcan de todo —Javier se quedó pensando en esa idea y no encontró palabras para oponerse o apoyar la creencia de los extraterrestres.

CAPÍTULO 23
El poder de los extraterrestres

De regreso a San Blas, llegó Kaeli acompañada de Javier y otros dos soldados. El hijo fue recibido con grandes muestras de cariño por sus padres. Tor fue al encuentro de la joven y de los soldados, a quienes dio instrucciones para la atención del escudo protector de la casa. Luego, se dirigió a Kaeli y le ordenó difundir el siguiente mensaje por el canal de televisión:

"Tenemos conocimiento de que en el año 1997, su astrónomo Jim Scotti descubrió un asteroide, que fue nombrado 1997 xf11. Este cuerpo celeste tiene una anchura de poco más de kilómetro y medio. Se dirige hacia la Tierra y se espera que alcance su máxima aproximación el 26 de octubre de 2028. En un principio se creyó que chocaría contra este planeta, pero los últimos análisis han determinado que pasará a una distancia de 951 mil kilómetros, es decir, unas tres veces la distancia media de separación entre la Tierra y la Luna. No obstante esta información, existe la probabilidad de que a través del tiempo la atracción de los planetas altere su órbita y llegue a chocar contra la Tierra. Si esto llegara a ocurrir, aproximadamente la mitad de la población mundial moriría. Hemos decidido destruir ese asteroide y señalamos como fecha de este evento el próximo 2 de octubre a las 10 A.M., hora del meridiano de Greenwich. Sugerimos a los observatorios astronómicos que en esa fecha orienten sus telescopios a fin de observar la destrucción del asteroide."

El teléfono de la casa de Eduardo repiqueteó y, no obstante que dudaban contestar, Luisa se atrevió a hacerlo. Una voz con acento oriental le solicitó hablar con el comandante de las fuerzas extraterrestres. La mujer le indicó que esperara a que lo llamara. Así lo hizo, Luisa corrió a buscar a Tor y momentos después el militar tomó el auricular. Después de un breve intercambio de palabras, el comandante se despidió, dio las gracias a Luisa y se retiró en busca de Eduardo.

—He recibido una invitación del gobierno chino para que vayamos a recorrer la región cercana al lago Tung Tin y he convenido con ellos en que mañana volaremos a la ciudad Changcha. El recorrido tendrá una duración de 24 horas y te estoy haciendo la atenta invitación para que me acompañes. ¿Aceptas?

—No tengo inconveniente. Acepto. Disfrutaré el viaje en tu compañía.

—Bien. Saldremos a las 10 de la mañana —agregó el comandante.

Al día siguiente, los habitantes de Changcha miraban aterrados el descenso de una nave espacial, y aquellos que estaban cerca huyeron a esconderse al ver que descendían tres hombres. No toda la gente de esa ciudad tenía información de que el planeta estaba siendo visitado por seres extraterrestres. Un grupo de cuatro personajes bien vestidos a la usanza europea se acercó a recibir a los recién llegados. En correcto español invitaron a Tor y acompañantes a pasar a un recinto. Durante media hora sostuvieron pláticas en las que el comandante dio una amplia explicación sobre la descontaminación del agua. Los chinos aceptaron la demostración. La visita había terminado y llegó el momento de la despedida, los chinos acompañaron a los visitantes a abordar su nave y ésta emprendió el vuelo de regreso.

Tor había solicitado: un terreno de mil metros cuadrados cercano al lago, donde se construiría un almacén para guardar los productos y maquinaria necesaria para hacer la descontaminación, en la inteligencia de que necesitaba sólo cuatro días para terminar el trabajo. Solicitó también seguridad para evitar que la gente del pueblo se acercara y entorpeciera las labores, y seguridad aérea necesaria para que las naves pudieran descender y regresar libremente. Se fijó el 4 de octubre siguiente para iniciar las labores y Tor señaló que en el lapso de una semana el lago estaría descontaminado sin que los peces sufrieran daño alguno.

CAPÍTULO 24
El bombardeo

Llegó el 2 de octubre, fecha señalada para la destrucción del asteroide; numerosos observatorios dirigieron sus telescopios en la dirección del 1997 XF11. Muchos aficionados a la astronomía hicieron lo mismo y esperaron a que el reloj marcara las 10 de la mañana (hora de Greenwich). Unos minutos después de esa hora, tiempo en que la luz viaja por el espacio, se vislumbró en el cielo una llamarada de fuego como resultado de una explosión monumental. El asteroide quedó reducido a pequeños fragmentos. El mundo quedó sorprendido del poder de las armas blésdor. Los diarios publicaron fotografías del suceso y varios artículos terminaban diciendo: "Debemos pensar en el daño que se causaría a nuestro planeta si fuera atacado por los extraterrestres". Los habitantes de la Tierra, que con la propaganda comenzaban a sentir repudio por los extraterrestres, ahora volvieron a sentirse atemorizados y esperanzados en que sus gobiernos actuaran con prudencia e inteligencia.

Exactamente a las 8 de la mañana del día 4 de octubre descendieron dos naves espaciales en la proximidad del lago Tung Tin. Al llegar, numerosos soldados chinos, apostados en torno al sitio que iba a ser ocupado, tenían órdenes de evitar que se aproximaran los curiosos. De una de las naves bajaron 12 obreros extraterrestres y de la otra ocho individuos más, trayendo cajas perfectamente cerradas. Todos los obreros sabían su trabajo, porque de inmediato comenzaron a preparar el terreno señalado y rápidamente levantaron una barraca para pernoctar. Las naves regresaron con columnas metálicas y alguna maquinaria. Cada nave, en su turno, hundió en el suelo esos pilares con extremada facilidad y volvieron al espacio. Los obreros utilizaron la maquinaria para acondicionar el suelo de lo que sería un almacén. Durante todo el día y la noche, cazas chinos sobrevolaron la construcción. Al día siguiente, las naves trajeron planchas metálicas y se dio comienzo a la construcción del techo. Los obreros, trabajando sin descanso, terminaron el piso recubriéndolo con adoquines especiales.

Tor, Eduardo, Luisa, Kaeli, Javier y Brok hicieron una visita a la construcción. El comandante se acercó a los obreros y saludó a cada uno preguntándole por su familia. Estaba satisfecho. Todo marchaba sobre ruedas. Orgulloso, dijo a sus acompañantes:

—Los habitantes de la Tierra se convencerán ahora no sólo de que disponemos de armas poderosas, sino de que podemos descontaminar un lago de gran extensión en sólo una semana, utilizando dos naves y 20 obreros. Sabrán también que estamos en la mejor disposición de ayudarlos y sólo queremos convivir con ellos en paz.

Después de su recorrido, se despidieron de los obreros y regresaron a San Blas.

Eran las 2:30 de la mañana del día 6 de octubre cuando en el cielo de China hizo su aparición un extraño avión, diferente a los cazas convencionales, triangular, pintado de negro, que desplazándose a gran velocidad se aproximó al campamento extraterrestre. Los obreros descansaban en su barraca. La construcción estaba iluminada por varios reflectores que proyectaban las sombras de las columnas. Algunos soldados chinos descansaban acostados en el suelo cerca de la construcción. Cuatro centinelas armados, apostados para vigilar cualquier movimiento sospechoso, no concedieron

importancia al aparato que se aproximaba, puesto que durante el día los cazas chinos habían estado sobrevolando por esa zona. En segundos, el avión descendió y disparó tres cohetes sobre el campamento que produjeron un espantoso estruendo. Gruesas columnas de llamas y humo brotaron de la barraca, seguidos de gritos de gente herida entre los obreros extraterrestres y los soldados chinos. El avión se elevó a gran altura y pronto desapareció. Una nave blésdor, capitaneada por Arvik, descendía en esos momentos y captó el ataque de que había sido objeto el campamento. Informó de inmediato a la nave base y a Tor, y lanzó una esfera brillante de luz intermitente en busca del avión atacante. Cuatro cazas chinos iniciaron la persecución del aparato, pero su esfuerzo resultó infructuoso, el avión triangular volaba con velocidad superior a ellos. Arvik bajó de su nave con dos aeromozas y dos soldados que lo acompañaban y corrieron en auxilio de sus compañeros. La escena era espantosa. La barraca estaba totalmente destruida, sólo permanecían en pie las columnas indestructibles y entre los escombros se hallaban cuerpos mutilados y sangrantes. Varios de los heridos emitían gritos de dolor. Muchos soldados chinos corrieron al campamento y comenzaron a remover los escombros en busca de algún superviviente. Veinte minutos después del ataque, llegaron varias ambulancias chinas para socorrer a las víctimas. Los médicos y enfermeras comenzaron a atender a los heridos y a trasladarlos a los hospitales más cercanos. Arvik se opuso a que los obreros blésdor fueran conducidos fuera del campamento y las aeromozas los atendían con los botiquines de primeros auxilios. Quince minutos después, una enorme nave, la de Zardú, llegó al lugar y de ella descendió un buen número de personas que comenzaron a trabajar sin descanso y a trasladar a heridos y cadáveres a la unidad hospitalaria. En pocos minutos su tarea había terminado. La nave de Zardú alzó el vuelo en la misma dirección en que llegó y la nave de Arvik se dirigió a San Blas en busca de Tor. El comandante se comunicó con

Zardú y recibió la triste noticia, que comunicó a sus compañeros: 14 obreros habían perdido la vida y seis se encontraban gravemente heridos; los médicos luchaban por su vida. Naturalmente, la consternación apareció en sus rostros. Kaeli cerró los puños y profirió unas palabras en blésdor y lloró... lloró, de rabia y de dolor, porque recordaba a varios familiares de los desaparecidos.

Tor esperó a que hiciera su aparición la familia Morlet y, después de platicarles los sucesos, les informó que había recibido órdenes de trasladarse a la nave base y sólo quedarían los soldados que atendían el escudo protector de la casa. Los Morlet lamentaron los hechos y no hallaron palabras adecuadas para dar consuelo a los extraterrestres; al mismo tiempo, en la mente de la familia nació la idea de que ahora los viajeros espaciales buscarían la venganza. "Quiera Dios que su furia no se convierta en una calamidad para los habitantes de este planeta", pensó Luisa.

Arvik estaba preparado. Los huéspedes de la casa de Eduardo se despidieron. Kaeli, con lágrimas en los ojos, besó a Javier y por unos minutos permanecieron abrazados. La nave partió y pronto desapareció, cuando los primeros rayos del sol hacían brillar las gotas de rocío.

El elemento de seguridad, como llamó Kaeli a las esferas brillantes de luz intermitente, dio alcance al extraño avión negro y suavemente se posó en su fuselaje, donde quedó firmemente adherido sin ser notado por los tripulantes. El aparato llegó a su destino. Era el mismo campo de aterrizaje y el mismo hangar donde se ocultó el helicóptero en que viajaron los soldados que secuestraron a Kaeli. El piloto bajó del avión y corrió al encuentro de varios compañeros que lo esperaban. No había terminado de cerrarse la puerta del hangar cuando escucharon una terrible explosión. Los cristales de las oficinas cercanas se hicieron añicos. Los muros del hangar, donde se guardaban otros dos aviones similares, se cuartearon y comenzaron a desplomarse. El estruendo producido se escuchó a varios kilómetros de distancia. Al disiparse el humo de la explosión se vio que el avión negro había quedado reducido a escombros, varios pedazos del fuselaje salieron despedidos y se estrellaron contra la torre de control.

La prensa china informó los detalles del atentado y el saldo de muertos y heridos. Hizo hincapié en que el avión agresor disponía de un sistema especial que lo hizo invisible a los radares.

Los diarios, estaciones de radio y televisión de los Estados Unidos informaron de un nuevo ataque de los terroristas. El presidente se presentó ante las cámaras de televisión y reporteros y el contenido de su mensaje fue: "Mi gobierno no descansará hasta no ver destruidos a los terroristas. El ataque que ha sufrido China merece la condena del mundo entero. La guerra contra el terrorismo debe acentuarse aún más sin escatimar esfuerzos ni recursos. Pido a las naciones del mundo su apoyo para atacar los nidos de terroristas y condenar a todos aquellos que los protegen y brindan refugio. Ofrezco a China toda la ayuda del pueblo estadounidense". Nadie reivindicó el atentado terrorista ni nadie mencionó la destrucción de tres aviones modernos y un hangar.

CAPÍTULO 25
La despedida

Javier, durante varios días, abrió la tapa del *shtolac* con la esperanza de comunicarse con su amada, pero todo esfuerzo resultaba inútil. Nadie respondió a sus llamadas. Los días transcurrían y cada vez estaba más convencido de que no volvería a ver a Kaeli, aunque continuamente decía a sus padres que estaban obligados a regresar en busca de los soldados que aún seguían en la casa. Se sentía molesto y nada lo contentaba por más esfuerzos que hacían sus padres. Paseaba continuamente por el jardín apesadumbrado, callado, sin encontrar algo que alegrara su vida. Amar a Kaeli fue una gran locura, pero hay que reconocer que el joven se sintió feliz; amó como si amara por primera vez.

Luisa y Eduardo intentaron volver a sus actividades de costumbre, aunque los periodistas no cejaban en su esfuerzo por convencerlo de platicar las experiencias adquiridas con los extraterrestres. Procuraban no salir a visitar a sus amigos y sólo se comunicaban con ellos solicitándoles la compra de los víveres. Sus amigos, enterados del escudo protector de la casa, comprendieron la situación y aceptaron generosos brindar su ayuda a la familia. En sus continuas visitas, aprovecharon cada momento para sostener largas y agradables pláticas por las tardes. Así transcurrieron dos largos meses. El frío comenzó a azotar San Blas y ya se hacían preparativos para la llegada de las fiestas navideñas.

Por fin, Javier identificó el zumbido de la llegada de una nave. Su corazón palpitó con fuerza y se apresuró a recibir a los visitantes. Descendieron los amigos de siempre: Kaeli, Tor y Brok. Acostumbrados a los saludos terráqueos se abrazaron. Lejos había quedado el saludo militar. Los enamorados no se cansaban de abrazarse y besarse con verdadera pasión, cada uno sentía hambre del otro. A petición de Tor, todos se reunieron en el estudio. El comandante se sentó, cruzó una pierna sobre otra, se frotó las manos y pausadamente comenzó a decir:

—Nuestro pueblo llora a sus muertos. Muchas voces se oyeron exigiendo la venganza. Pidiendo un escarmiento para los habitantes de la Tierra. El Consejo de Ancianos se reunió muchas veces a fin de tomar una decisión. En el Universo hay civilizaciones buenas y malas, y este planeta... mis queridos amigos, me duele decirlo, fue calificado como un planeta de bárbaros. No entendemos cómo es posible que no se tenga respeto por la vida. En la Tierra existen personas de varias clases, a veces se guarda luto mundial por tres mil personas muertas en un ataque terrorista en la ciudad de Nueva York, y en otros casos no se concede importancia a 200 mil almas que murieron en un bombardeo despiadado con bombas atómicas, y todos fueron niños, mujeres y ancianos; el luto sólo lo guarda un país, el que resultó afectado. En nuestra civilización, quitar la vida a un solo semejante constituye un crimen y debe ser castigado con todo el rigor de nuestras leyes. No existe pretexto válido para ordenar que se maten inocentes ajenos a la guerra. Quien siembra el terror u ordena un bombardeo es un criminal y no tiene justificación. Hemos aprendido y es una lástima que en este planeta, verdaderamente bello, se generan guerras tomando varios pretextos: comunismo, paz, petróleo, terrorismo y, posiblemente mañana, el agua y los alimentos. Nosotros condenamos el terrorismo en todas sus formas, debido a que son actos criminales pero, puede alguien decirme, ¿por qué ha surgido el terrorismo? Estas guerras son el producto de la ambición desmedida por la riqueza y el poder, poder para continuar subyugando pueblos con objeto de explotarlos hasta llevarlos a la miseria. La voracidad de los llamados países del primer mundo no se agota y con ferocidad defienden lo que han ganado por la fuerza. Tampoco alcanzamos a comprender sus luchas por la religión ni las diferencias entre catolicismo, judaísmo, budismo, islamismo, etc. ¿Es que alguna de ellas es la verdadera?

"No deseo cansarlos con mi discurso, sólo me he referido a una parte de las opiniones vertidas en el Consejo. Sólo he venido... y en verdad me duele decirlo, a comunicarles que la decisión ha sido marcharnos para siempre de su planeta —la emoción embargaba las palabras de Tor y la familia sintió un nudo en la garganta. Tor agregó—: Quiero recalcar que jamás murió ni siquiera sufrió rasguño alguno un habitante de este planeta por causa nuestra."

—Lamento profundamente la decisión, amigo Tor. Estoy convencido de que habíamos creado lazos de amistad —dijo Eduardo. Iba a continuar pero fue interrumpido por el comandante.

—Lazos que seguirán existiendo, aunque nos separen enormes distancias. Quiero, si me permites, y estoy autorizado a ello, extenderte una invitación para que tú y todas las personas que desees, viajen con nosotros en busca de otro planeta que ofrezca mejores condiciones de vida.

—Te agradezco infinitamente tu ofrecimiento pero, en lo personal, considero que en este planeta están mis raíces, y así como tú extrañas tu Blésdora también yo sentiría siempre nostalgia por el mundo en el que he nacido. Ojalá que todos tus compañeros sepan que sólo un grupo muy pequeño es gente mala, y son los que dominan el planeta. Sí existe gente buena y vive con la esperanza de que las cosas cambien.

—¿Qué piensas tú, Javier? —preguntó ansiosa Kaeli, y continuó—, ¿te quedarás en este mundo y jamás conocerás a tu hijo que llevo en las entrañas?

Javier abrió los ojos desmesuradamente, saltó de la silla y corrió a besar y abrazar a su amada. Todos comprendieron cuál había sido la decisión del muchacho. El matrimonio sonrió satisfecho.

—Antes de marcharnos, amigo Eduardo, es importante que te indique lo siguiente: creemos que durante algún tiempo vivirán en peligro debido a que existen lobos hambrientos que pensarán que guardas secretos, armas o materiales extraterrestres y desearán apoderarse de ellos. Hemos pensado en que estarás protegido por el escudo que se instaló en la casa. Es cierto que es una incomodidad, pero a medida que transcurra el tiempo dejarán de preocuparse por ustedes. Aquí te entrego una pequeña caja negra que tiene dos botones, el de color azul sirve para activar y desactivar el escudo y el rojo les permitirá hacer una llamada de auxilio. Sin importar la distancia que nos separe, si llegas a oprimirlo, una nave vendrá hasta San Blas, aunque tarde horas, días o años. Nunca debes olvidar este dispositivo porque corres el riesgo de no volver a entrar en tu casa. Llévalo siempre contigo. Otra cosa que considero importante: el Consejo, por mi conducto, te hace un presente, en mi habitación se encuentra una caja metálica llena de barras de ese metal que en este planeta consideran valioso. Ésta es una pequeña muestra de nuestro agradecimiento por su comprensión y muy especialmente por la generosidad de tu compañera, Luisa.

Eduardo, muy emocionado, sólo se limitó a decir: "Gracias". Por las mejillas de Luisa se deslizaron brillantes lágrimas.

Llegó el momento de la despedida; la enorme nave de Zardú, que proyectó una gran sombra en San Blas, quedó suspendida en el aire. La "caja blanca", la que inició esta historia, fue conducida al interior de la nave, así como todas las cajas que contenían aparatos traídos con anterioridad. El anciano Zardú bajó y abrazó a Eduardo, tocó con su mejilla la frente de Luisa y regresó a su nave. Kaeli y Javier abrazaron fuertemente a los viejos y tomados de las manos, muy felices, abordaron la nave. El tosco Brok, el hombre de la mirada fría, abrazó y con su mejilla rozó la cara de Luisa. Estaba emocionado, pero no pronunció palabra alguna para evitar que una lágrima escapara de sus ojos. Tor nada agregó, volvió a besar a Luisa y apretó fuertemente a Eduardo. Todos estaban en la nave. Su poderoso sistema de propulsión dejó escapar el zumbido ya conocido. La nave inició su vuelo y en pocos segundos desapareció en el cielo dirigiéndose hacia el norte.

Después de volar por varios minutos arribó a la ciudad de Arlington (Virginia) y se situó sobre uno de los mayores edificios de oficinas del mundo, el Pentágono. Desde el primer momento en que las pantallas de los radares detectaron la aproximación de la nave, varios cazas despegaron de las pistas cercanas a la ciudad de Washington y se acercaron a observar el enorme vehículo espacial, en espera de órdenes. Centenares de caras aparecieron en las ventanas del enorme edificio; dirigieron la vista hacia el vehículo espacial, lo observaron con admiración y al mismo tiempo con temor. No más de 10 minutos permaneció la nave estacionada y ningún peligro parecía que existía sobre el edificio. La nave se alejó a gran velocidad y en pocos segundos desapareció en el cielo. Los aviones de ataque regresaron a su base. Todo parecía estar en calma, sin embargo, las personas que intentaban entrar al edificio no pudieron hacerlo. El Pentágono estaba cubierto por un doble escudo impenetrable e indestructible que sólo permitiría la salida de los más de tres mil empleados, pero impediría el ingreso de todo, absolutamente todo, a menos que se contara con el dispositivo que permitía desactivar aquel blindaje. Pasarán siglos y aquella obra monumental permanecerá desierta.

EPÍLOGO

Transcurrió el tiempo. ¿Cuánto? Eduardo ya no gustaba de contar los días ni los meses ni los años. Se despertó por la mañana y siguiendo su costumbre salió al jardín con las piernas temblorosas; de pronto, su mirada llena de sorpresa se clavó en un objeto que estaba en el centro de su jardín, una caja blanca; su corazón latió con fuerza, era un *shtolac*, eso significaba que pronto recibiría la visita quizá de su hijo y de la linda Kaeli trayendo a su nieto o nieta, que no conocía, o tal vez a su amigo, el extraterrestre Tor Bulkan.

Fin

NOTAS

NOTAS

COLECCIÓN LITERATURA JUVENIL

Atrapados en el zodiaco
Aventuras de Marco Polo, Las
Canción del hielo, La
Cuentos fantásticos de Arabia
Érase una vez el Sol
Érase una vez la Luna
Fábulas del Sr. Tortuga
Fantasmas de Cerros Blancos, Los
Flauta misteriosa, La
Leyendas de la provincia mexicana / zona centro
Leyendas de la provincia mexicana /zona costera
Leyendas de la provincia mexicana / zona norte
Leyendas de la provincia mexicana / zona sureste
Leyendas de tierras extrañas
¡Niñas al rescate! I
¡Niñas al rescate! II
¡Niñas al rescate! III
Poemas clásicos para jóvenes
Simbad el marino, los siete viajes fantásticos
Tor Bulkan, un planeta de bárbaros

COLECCIONES

Belleza
Negocios
Superación personal
Salud
Familia
Literatura infantil
Literatura juvenil
Ciencia para niños
Con los pelos de punta
Pequeños valientes
¡Que la fuerza te acompañe!
Juegos y acertijos
Manualidades
Cultural
Medicina alternativa
Clásicos para niños
Computación
Didáctica
New Age
Esoterismo
Historia para niños
Humorismo
Interés general
Compendios de bolsillo
Cocina
Inspiracional
Ajedrez
Pokémon
B. Traven
Disney pasatiempos
Mad Science
Abracadabra
Biografías para niños
Clásicos juveniles

Tor Bulkan, un planeta de bárbaros
Tipografía: *ABC Taller de Diseño, Edición e Impresiones Sociales*
Negativos de portada: *Daniel Bañuelos*
Negativos de interiores: *Daniel Bañuelos*
Impresión de portada: *Editores Impresores Fernández S.A. de C.V.*
Esta edición se imprimió en marzo de 2004,
en *Editores Impresores Fernández S.A. de C.V. Retorno 7-D Sur 20 No. 23 México, D.F. 08500*

DOBLAR Y PEGAR

SU OPINIÓN CUENTA

Nombre ....

Dirección ....

Calle y número ....

Teléfono ....

Correo electrónico ....

Colonia .... **Delegación** ....

C.P .... **Ciudad/Municipio** ....

Estado .... **País** ....

Ocupación .... **Edad** ....

Lugar de compra ....

Temas de interés:

- ☐ ***Negocios***
- ☐ ***Superación personal***
- ☐ ***Motivación***
- ☐ ***New Age***
- ☐ ***Esoterismo***
- ☐ ***Salud***
- ☐ ***Belleza***
- ☐ ***Familia***
- ☐ ***Psicología infantil***
- ☐ ***Pareja***
- ☐ ***Cocina***
- ☐ ***Literatura infantil***
- ☐ ***Literatura juvenil***
- ☐ ***Cuento***
- ☐ ***Novela***
- ☐ ***Ciencia para niños***
- ☐ ***Didáctica***
- ☐ ***Juegos y acertijos***
- ☐ ***Manualidades***
- ☐ ***Humorismo***
- ☐ ***Interés general***
- ☐ ***Otros***

¿Cómo se enteró de la existencia del libro?

- ☐ ***Punto de venta***
- ☐ ***Recomendación***
- ☐ ***Periódico***
- ☐ ***Revista***
- ☐ ***Radio***
- ☐ ***Televisión***

Otros ....

Sugerencias ....

Tor Bulkan, un planeta de bárbaros